いつもの毎日。

衣食住と仕事

松浦弥太郎

集英社文庫

はじめに

二〇代の頃、自分らしさなどひとつもありませんでした。

自分らしさがないのに、他人の真似をすることもせず、普通という言葉を嫌い、他人と違って見える自分になることに一生懸命でした。

自分らしさがないことに気がついたのは、ある日、いつも他人の目を気にする自分がいることがわかったからです。何をするにも他人からどう見えるのか、どう思われるのかと考えて、装いなり暮らしなり、立ち居ふるまいまで選んでいたのです。ですから、目に見えるところに、ほんとうの自分などなく、見栄とおかしなプライドから生まれる嘘《うそ》で飾られた自分しかありませんでした。そんな毎日が心地よいはずがありません。いつも疲れた自分がいるだけでした。

こんな疲れる毎日から解放されたい。そう思っていろいろと反省をしました。これまでのように、他人の目に答えを求める意識を捨て、まずは自分がどう思うのか、自分がどうしたいのか。自分が毎日どうしたら心地よく、仕事や暮らし、人づきあいができるのか。

そのためには、自分の心を開き、ありのままの自分をさらけだすことだと思いました。自分は何が好きで、何が嫌いなのか。それをひとつひとつ確認することでした。そして、自分が素敵だと思ったことは、すなおに真似てみる。ミケランジェロが残した「創造は模倣からはじまる」という言葉の意味がはじめてわかったのもこの頃のことです。

まずは自分を知ること。日々成長をする自分のベーシックが何かを見つけることが大切です。自分がそうであったように、二〇代から三〇代は、仕事と暮らしにおいて、自分にとってのベーシック探しが大きなテーマです。

好きなものは好き、苦手なものは苦手、また、わからないものはわからないと知ることで、自分が得意なことや苦手なこと、欠けているものが見つかり、これから何を学んだらよいか知ることができます。

自分のベーシックを見つけてください。要するに、ありのままの自分がどんな人間なのかを知ることです。それからどんな飾りをしていくのかを考える。飾りこそが自分らしさです。シンプルな飾りもありますし、派手な飾りもあるでしょう。裸の自分に洋服を着せていくようなことです。もちろん、脱いだり着たりするのも自由。裸の自分は変わらないので、何を着てもきっと自分らしいのです。

本書の目的は、ベーシックの答えではありません。ある一人のベーシックを例として、これがひとつのベーシックであれば、自分のベーシックはどんなものだろうかとよく考えていただき、それをスタートラインとして、さらに新しい自分らしさを歩んでいただけたらと思います。

ベーシック探しは、いつも新しい自分であるためのスタートラインを見つけること。いつもの毎日を送るための一歩です。

目次

はじめに　3

第一章「衣」のこと　～自分らしくいるためのワードローブ

トラディショナルから学ぶこと　16

シャツ　21

ジャケット　26

ジーンズとパンツ　29

腕時計　32
靴　36
コート　40
雨の日の装い　43
パジャマ　46
鞄　49
セーター　53
眼鏡　56
ハンカチ　59
帽子やマフラー、手袋　62
値段とファストファッション　65

第二章　「食」と「住」のこと　〜毎日の生活を豊かにする工夫

家族のこと　72
個室のすすめ　79
リビングのルール　84
テーブルと椅子　89
マグカップと食器　94
お茶碗とお箸　97
お弁当箱とお鍋とやかん　100
朝ごはん　103
スリッパ　107
一生つきあえる店を持つ　110

アロマオイル　114
オーガニック　118
花と花瓶　121
ベッドと枕とリネン　124

第三章　「仕事」のこと　〜働くうえで考えるルールと作法

つねに先手を打つ　130
デスクまわり　135
ごみの行方　139
手帳とスケジュール　142
文房具　146
手紙のルール　150

打ち合わせとモチベーション　154
おみやげ　157
「つもり」をやめる　160
名刺　163
財布　166
スーツケース　170
おわりに　172
特別対談　菊池亜希子×松浦弥太郎　175
お店紹介　188

いつもの毎日。衣食住と仕事

第一章

「衣」のこと

~自分らしくいるためのワードローブ

トラディショナルから学ぶこと

長いあいだ人々に受け入れられ、この世から消え去らないもの。そんな品にふれるたび、「そこに何があるんだろう」と思います。その理由が知りたい、それから何かを学びたいと、つよく願います。

たとえば、トラディショナルな服。スタンダードなデザインはずっと変わらないのに、長年にわたって求める人たちがいます。

「奇をてらったデザインでもなく、むしろ非常にシンプルなのに、心をひきつける魅力があるのはどうしてなのか？」

「五〇年、一〇〇年と同じスタイルを貫き、その姿勢が支持されるのは、いったいなぜなのか？」

トラディショナルな品を眺めながら考えていると、それが自分の仕事につながり、ひいては「ライフスタイルを豊かにするちょっとしたヒント」に結びつくようにも感じるのです。

だから、僕が選ぶのは、いつだってなんの特徴もないようなトラディショナルな服。飾り気がなく、ごくスタンダードなものばかりです。

もちろん服というのはひとつの文化ですから、二〇代の頃には、流行にふれることで、刺激を受けていました。それを追うとまではいきませんが、季節が変わるたびに新しい服を買い、身にまとったこともあります。

「トレンドに触発されて、自分の気持ちがどんなふうに変わるのか？」

こんなことを楽しみながら試していた時期は、三〇代前半くらいまで、続いたようにも思います。

また、分不相応に高価な品を手に入れたものの、どうにも不自然だったり、「ああ、これってただの自己満足だな」と恥ずかしくなったのも、三〇代までのレッスンだったかもしれません。

そんな試行錯誤を重ねていたあるとき、ふと思いました。

「身につけたり、取り入れたりすることで、精神的にも身体的にも自分がいちばんリラックスできるものはなんだろう?」

この問いかけにぴたりと嵌《はま》ったもの、それが僕にとってはトラディショナルな服でした。それからは、「スタンダードで、トラディショナルで、上質なもの」というのを、何を身につけるか選ぶ際の、ものさしにしています。

流行について言えば、今のところひとつの情報に過ぎず、意識的に自分の暮らしに取り入れようとは思いません。

「世の中の流れは、今そういうふうになっているんだ」あるいは「最近は、こういうものが求められていて、だけどこんなものも発信されている」と把握する程度にとどめています。

流行とつきあうとは、自分がつねに消費を続けなければ成立しない営みです。つぎつぎと新しいものを買う〝追いかけっこ〟に心躍るというのはわかりますし、楽しんでいる人もたくさんいるでしょう。

それもひとつのあり方だとは思いますが、僕には合わないし、さして興味もありません。

そのぶんのエネルギーを、トラディショナルについて学ぶことに傾けたほうが、しっくりきます。

「ずっと変わらないトラディショナルから、いったい何を学ぶんですか？　デザインもスタイルも決まりきっているのに」と、疑問に感じる人もいるかもしれません。

しかしトラディショナルな服というのは、とても奥が深いものです。

文字どおりの伝統や歴史、その会社や創業者の理念もあります。僕が知らないトラディショナルなブランドも、まだまだたくさんあります。

また、「ずっと変わらないもの」をつくり続けていく営みは、丹念さ、努力、誠実さによって支えられています。

ワンシーズン、たった一回だけ良質のものをつくるというのは、もしかしたら、たいていのブランドにできることかもしれません。

しかし、コストが値上がりしても、「今どきそんな手間ひまをかけるなんて、ばからしい」と時代の流れがうそぶいても、「売れ筋のはやりはあっちですよ」と世間のみんなが走り去っていっても、じっくり同じものをつくり続けていくのは、たいそう骨が折れます。信念もいります。何より、自分たちがつくっている品に対する、たっぷりの愛情が必要です。

トラディショナルが教えてくれることは、まだまだ、たくさん、あるのです。

シャツ

いつ、誰と会っても、大丈夫。
どんなときにも、自分が自分らしくいられる。
ぴりっと気が引き締まり、ちょっと自信がつく。
こんな効能がある上質のシャツが、僕の定番です。
基本は白。ボタンダウンとレギュラーカラーのシャツ。
シングルカフスの、ごくオーソドックスなものに決めています。
夏にはリネンを着ますが、ほぼ通年、オックスフォード生地を愛用しています。

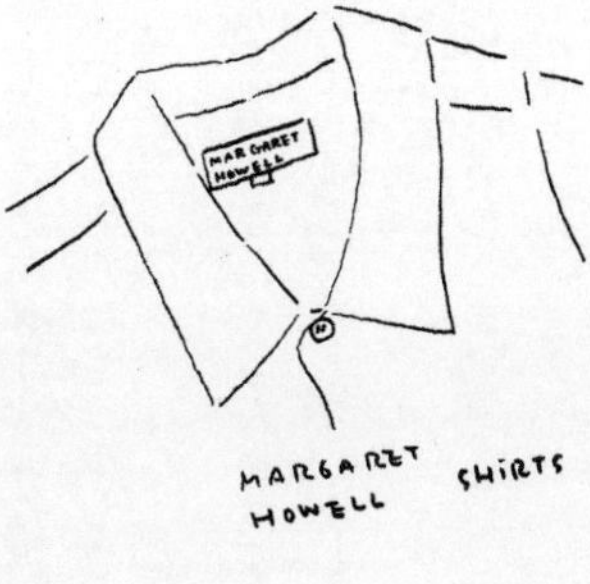

若い頃からずっと着ているのは、ブルックスブラザーズのシャツ。マーガレット・ハウエルのコットンシャツを買うこともありますが、いずれも白を選んでいます。

一八一八年創業というブルックスブラザーズの長い歴史の中で、多少の変遷はあったでしょう。しかし見事なまでに、基本形は変わっていません。同じデザイン、同じ色のシャツを五枚くらい持っていれば、おそらく一〇年くらいは万全だと思います。これから先、年齢を重ねても、ずっと着続けていくと思います。

基本の白いシャツは、仕事の場ではもちろんのこと、ちょっとフォーマルな席でも恥ずかしくないものです。ほかに淡いブルーのシャツを、こちらはもう少しカジュアルに、普段着として。

世の中にはストライプやチェック、花柄と、華やかなシャツがたくさんあります。ピンクやオレンジ、黒といったものにひかれる人もいるでしょう。白とブルーしか持っていないというと、つまらなく感じるかもしれません。

しかし、よいシャツは、同じ一枚でさまざまな着こなしが楽しめます。

たとえば、しわの加減。

僕は毎日着るシャツに、アイロンをかけません。上等なシャツであれば、普通に洗濯機で洗い、よく伸ばしてていねいに干すだけで、素敵な風合いになります。くしゃくしゃでもなく、ぴしっとプレスしたものでもない、その中間の風合いが、なんとも好きでなりません。着心地もよいし、ネクタイを締めても格好いいし、何より、少しも無精たらしく見えません。微妙なしわ加減が自然で、かえってよい雰囲気になる気さえします。

また、大勢の人の前に出るときや、ちょっとフォーマルにというときは、同じシャツにきっちりアイロンをかけると、気持ちが引き締まります。アイロンをかけなくても大丈夫という上質なシャツは生地がよく、裁断や縫製がきちんとしているので、アイロンをかけると本当にぱりっと、実にきれいに仕上がるのです。同じシャツなのに、プレスするだけで、違う着こなしを楽しめるというわけです。

いずれにしろ上等のシャツは、「何があっても、大丈夫」という自信につながります。いつなんどき、誰の前で上着を脱ぐことがあっても、恥ずかしくありません。

手入れについて言えば、薬剤を大量に使うクリーニングは布地を傷めるので、家で洗い、ときどきアイロンをかけるくらいがいいでしょう。

「アイロンがけ」というと大変な手間に思うかもしれませんが、全体をくまなくかける必要はありません。糊もつけず、襟と袖口と前立てをちょっと押さえれば出来上がり、そのくらいで十分です。さほど時間はかかりません。

自分で洗ったり、アイロンをかけたりすると、シャツの構造そのものがわかってきます。細かいところに目がいくようにもなるので、「よいシャツの目利き」になれるのです。仕舞うときは小さくたたまず、さっとハンガーにかけておくと、きれいなかたちが保てます。

着こなしという点で付け加えると、ボタンは普通に閉めて、春夏秋冬、ずっと長袖を選ぶのが基本です。半袖というのはどうにも子どもっぽいもの。大人の男性であればつねに長袖で、暑いときには袖をめくればよいのではないかと思います。

インナーを、シャツの下に着ることもしません。下着のシルエットや柄が透けて見えているというのは、本来あり得ないことです。たとえ真冬でも、素肌にシャツをまとう。これはある種、男のエレガントさではないでしょうか。

シャツの裾をパンツの中に入れるのも、大人の着こなしのマナーです。シャツの裾を出して着るのは、ひとつのカルチャーであり、ファッションだという見方もあると思いますが、あくまで家の中での楽しみのように感じます。シャツは本来、タックインして着るようにデザインされているのですから、本来のルールに従ったほうがきれいなのは、当たり前かもしれません。

女性でも男性でも、ベーシックなシャツをていねいに着るのは、「服の基本形」を知る意味でも有効だと思います。

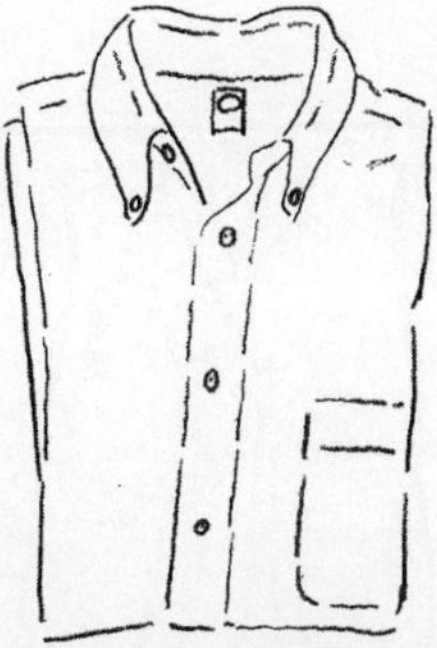

ジャケット

僕のジャケットは、ワークウェアとしてつくられたものです。
「デザイナーは○○で」という主張もなければ、「○○さん御用達の」という評判のものでもありません。「○○ブランド」という主張もなく、あまりに普通すぎて、見た人もとりたてて何も思わないでしょう。
目立たず、印象にも残らない。僕が何を着ていたのか、相手も忘れてしまうし、そもそも記憶することがない。そんなジャケットです。
仕事柄、スーツを着なくてもジャケットにネクタイでこと足ります。また、ジャケットについては動きやすさが大切だと感じているので、ワークジャケットに近いものがしっくりきます。イギリス紳士というより、英国の農夫の作業着といった趣きの品が、日常着にはいいのです。

色はネイビー。テーラードカラーで三つボタン。同じデザインのジャケットを、コットンと麻で二着ずつ、都合四着揃《そろ》えています。ネイビーは会う相手が誰でも、場所がどこでも対応できるので、重宝な色だと思います。すべてイギリスの郊外、ノーフォーク北部にある小さな店、オールドタウンという店の品です。

オールドタウンの服は、決して高級品ではありません。なんの変哲もない素朴なものを、職人たちが長年、こつこつつくっています。既成服なので多少の在庫はあるようですが、基本的にオーダーが入ったら、おもむろに生産に入るというシステム。ジャケットは動きやすさと同様にサイジングが重要ですが、きめ細かく分かれているので、ジャストサイズが手に入ります。そのぶん、頼んでから届くまでいささか時間がかかりますが、忘れた頃に届くのが、また楽しみなのです。日本からはウェブサイトで注文できます。

シンプルなライン。調和のとれたディテール。丈夫なつくり。

この三つが、オールドタウンのデザインのポイントだそうです。およそ「デザインのポイント」とも言えないような当たり前のことですが、そうした点をきちんと守っているからこそ、オールドタウンの服は、ずっと安心して着ていられる、そんな気がします。

ジャケットを選ぶ際の目安は、ハンガーや椅子にかけて遠くから見たときに、きれいなもの。上質なものかどうかは、脱いでそこから離れて見たとき、雰囲気がいいかどうかでわかるものです。

ジーンズとパンツ

ネイビーのジャケットと、グレーのパンツ。
これが僕の仕事着の定番です。この組み合わせなら、だいたい大丈夫。
ジャケットをネイビーに決めているので、下に合わせるパンツはグレーかベージュ。同じネイビーだとどうもうまくいかないし、カーキはぎりぎり合いますが、いささかカジュアルになります。
冬にはフラノなど、ウールのパンツもはきますが、一年を通じて考えると、基本はコットンパンツ。トラディショナルなもので、選び方はシャツに近いと思います。

細かったり、丈が短かったりという流行はありますが、ビジネスでも通用するものを選ぶなら、ベーシックで上質なものがいちばんです。洗いざらしでもそれなりにおさまりよく、アイロンをかければフォーマルにもなる品を。こう考えれば、シャツと同じく品質を重視することになります。

僕たちはどうしても上着やアウターなど、上に着る「目立つもの」にお金をかけがちですが、男性の場合は下半身が着こなしの要となります。パンツはおろそかにしがちですが、面積も大きなものですから、きちんと選ぶようにしてはどうでしょうか。

休みの日や、仕事であっても人と会わないような日は、ジーンズもはきます。リーバイスの５０１。知らない人がいないくらいの定番で、僕も一四、五歳くらいから、ずっとこのモデルだけをはき続けています。

ジーンズはもともと作業着ですから、少し大きめをゆったりとはくほうが、動きやすいでしょう。流行によっては男性でもスリムフィットの細いものを選ぶ人がいますが、本来のジーンズの性質から考えると、ちょっとどうかなと思います。

シャツとワンサイズ大きいくらいのジーンズに、ジャストサイズのジャケット。
この組み合わせが、動きやすいうえに格好よい着こなしの目安ではないでしょうか。

腕時計

「どきどきするような腕時計は、つけない」

腕時計の選び方を聞かれたら、僕はこう答えます。

腕時計に凝る人は多いものです。特に男性の場合、車、オーディオやパソコンのたぐいと並んで、お金をかけるアイテムのひとつが腕時計。唯一のアクセサリーとして、あるいはちょっとしたステータスという要素もあるかもしれません。

いい時計というのはたくさんあって、結構な値段がします。シャツなら高級品でも二、三万円ですが、時計だと数百万円もするものが、ざらにあります。高級品までいかないトラディショナルな定番にしても、セイコーなどの国産品で一〇万円、ロレックスやオメガだと、もっとするでしょう。

しかし、いくらいい時計であっても年齢にそぐわないものは、「その人にとってのいい時計」ではないのです。

二〇代の人がロレックスをしていても、本物には見えません。無理をしてカルティエを買い、ことさら大事に取り扱っても、その姿は素敵とはいえません。

どれほど高価であっても、腕時計は日用品、暮らしの道具です。どこかにぶつける、落とす、へこませるといったことは頻繁にあります。

「傷つけたら大変だ」と心配することなく、無造作に使いこなせるもの。どきどきせずに、普段から気遣いなく、身につけられるもの。

それが「その人にとってのいい時計」だと僕は思っているのです。年齢や収入に合わせて、分相応なものを選ぶようにしています。

腕時計に限らず、身につけるものというのは全体のバランスが大切です。ジャケット、靴、鞄はリーズナブルなものなのに、腕時計だけが高級品というのは、ステータスどころか、なんとも格好が悪いと感じます。

もちろん、値段だけで選べばいいというものではありません。それだけ腕時計は人の目につくし、持ち主のセンスが表れる部分です。

あくまで個人的な趣味ですが、ダイヤ入りや大きくて派手なものは、なんだか野暮だと思います。高くもなく、安くもない中途半端な品も、自分が身につけるものをおざなりに選んでいるようで、いただけません。

そこで僕がおすすめするのは、セイコーの定番か、逆にスウォッチのような気軽で安価なものかの両極端。若いうちは思い切りカジュアルに、三〇代になったらきちんとしたものを。その中間はあり得ないという気がします。目立たず、とりたててデザインされていないようなシンプルな定番は、誰から見ても好印象です。

今、僕が使っているのは、自分の生まれ年につくられたロレックスのエクスプローラー。傷ついていても落としても気にならないものです。

しかし、「大人になったからロレックスを！」という気負いをもって手に入れたわけではありません。

今は携帯電話もあるし、日本の場合は駅やお店など、あらゆるところに時計があふれています。日常の中で腕時計はだんだんと、重要な位置を占めなくなってきた気がします。

こう考えると、焦って腕時計を選ばず、「持たない」という選択もあるのではないでしょうか。特に女性の場合、腕時計をしていない人が、逆に素敵に見えたりします。

靴

「ハンドメイドのものを履く」

靴について僕なりの美学があるとしたら、これにつきます。

ハンドメイドの靴は見た目もきれいで上質ですが、いちばんの魅力はべつのところにあります。

今は製造技術も進歩していますから、たとえ機械生産であっても、ぱっと見たところはきれいで、それなりに上質な靴はあるでしょう。

しかし機械生産の靴は、長生きしません。直すといってもせいぜいかかとのリペアくらいで、靴底全体がすり減ってしまったとき、ステッチがほころびてきたとき、つま先が開いてしまったときには、たとえ愛着がある靴であっても、処分するしかないのです。

「自分にぴったり合う靴を探す」というのはなかなかの難題です。巡り合うのは、そう簡単ではありません。履き慣れて心地よい靴を、ちょっとのことで手放さなければならないというのは、なんとも残念だと僕は思います。

その点ハンドメイドの靴は、何があっても修理ができます。ひとつひとつの工程が手でなされたものであれば、たいていのトラブルは解決できます。

自分にぴったりくるハンドメイドの靴を、ていねいに手入れし、ときどき修理に出す。長いあいだ、大切に、いとおしんで履く。こんな意識があれば、いい加減な靴選びはしなくなります。また、短いサイクルですたれてしまうような流行の品に飛びつく癖も、自然と改まっていくはずです。

服やファッション全般は、靴を中心に考えてもいいくらいです。いい靴を履いていれば自信が持てます。

靴はまた、「歩く」という、生きる基本と深くかかわっています。いくら見た目がよくても履き心地がよくないと、いろんな意味でハンディになります。靴選びをきちんとすれば、自分に似つかわしく、分相応なものを選ぶ指針にもなるでしょう。まず値段も履き心地も自分にぴったりの靴を選び、次に「この靴にふさわしいか?」という観点で服を選ぶ、そんな感じです。

僕の靴は、ごく普通のストレートチップ。いちばんシンプルな紐靴です。主張しないデザインなので、長く履いていても飽きることはありません。

黒と茶色、同じ型の色違いを揃えているので、たいていの服に合います。もし、どちらかの色を選ぶのであれば、黒をおすすめします。茶色は案外カジュアルなので、フォーマルな席には難しく、場を選ぶものです。

スニーカー、レインブーツも持っていますが、これはあくまでバリエーション。大雨の日にゴム引きの長靴があると安心ですが、歩くためにつくられていないので疲れます。スニーカーは、気軽なアイテムに見えてとてもバランスが難しいので、よほどのことがない限り履きません。せいぜい雨の日などに、例外として。基本的に、カジュアルな服装であっても革の靴を合わせています。

分相応な靴選びの目安になるのが、ジャケットの値段です。

三〇代初めくらいになれば、五万円程度のジャケットを着ている人は多いでしょう。それと同じ値段の靴を買うのが、ちょうどいいと思います。

僕は二〇代前半のとき、五万円の靴を買ったことがあります。まるで、はじめてカシミアのセーターを手にしたときのような気分。かなり思い切った買い物でしたが、いろいろな意味でファッション観や価値観が変わった体験でした。

その靴は、オールデンというアメリカ製のもの。一八八四年に創業してからずっと、ごくオーソドックスなビジネスシューズをつくっている会社です。

コート

僕はつくづく、思います。あたたかなコートが一着あれば、冬は越せると。

「五年前の寒い日に会ったとき着ていたコートを、久しぶりに再会した今年の冬も、また着ている」

そんな人がいたら、とても好印象を持ちます。すごいな、と思います。ものを大切にしているんだな、と感じます。なんだか、うれしくなります。

シャツでもセーターでもコートでも、「自分が一回好きになったもの」が、そう簡単に変わらないというのは、素敵なことではないでしょうか。

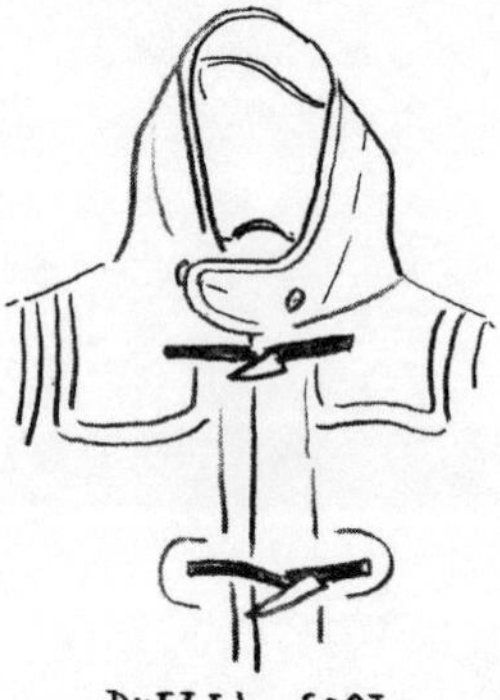

大切にしていても、ものには寿命があります。汚れたり、すり切れたり、「大好きだけれど、もう着られないな」というときはやってきます。

そんなとき僕は、まったく同じ型のまったく同じ色の品を、同じ店でもう一度、買い求めます。

トラディショナルなお店のよいところは、めまぐるしいファッション業界で、時代に逆らうようなふるまいが許される点にあります。

僕が持っているのは、ダッフルコートとウールのコートと、レインコート。

この三着で、コートはもう十分だと思っています。古びたら、おそらくまた同じものを買うでしょう。こうした姿勢でいるのは、服のバリエーションを考えるのが、自分の衣服観に合わないためでもあります。

「今日、何を着ていこうか？」

毎朝、考えたり悩んだりすることは、僕にとってはあまり楽しいことではありません。実のところ、負担だったりします。

だから誰に会うときも、何を着ていけばいいのか、あらかじめ決まっていることが、楽で心地よいのです。雨が降った日、季節が変わったとき、「今日着る服」をすんなり選べたほうが落ち着きます。

もっともこれは男の場合で、女性がまったく同じルールを適用したら、淋しいし、つまらないかもしれません。季節ごとのファッションを楽しむ遊び心がないと、女の人自身も、それを見ている男の側も、ちょっと息苦しい気がします。

雨の日の装い

雨の日には、花を買います。空気が湿って陽がささないぶん、少し華やぎがほしいのです。ほんの小さな花であっても、部屋の中に生き物があると、それだけでぽっと明るくなります。

しかし雨の日にきれいな色の服を着て出かけたり、鮮やかな傘をさすかと言えば、そんなことはありません。

僕のレインコートはベージュ。ごく目立たない、刑事コロンボが着ていたようなオーソドックスなステンカラーです。雨がひどい日に履くレインブーツも、説明が

いらないくらい、普通のもの。

傘は腕時計に近いものがあって、品質がきちんとした手づくりのものか、ビニール傘にする。この両極端なチョイスか、いっそのこと傘をささずに歩くのがよいと考えています。

ずっと愛用しているのは、イギリスのブリッグの傘です。杖《つえ》ではありませんが、たたんで持ち歩くとき、しっくりとなじみます。シンプルでトラディショナルな格好をしているから、傘もトラディショナルであるほうが、具合がいいのです。

それにしてもつくづく思うのは、よいものがいかに地味かということ。

一七五〇年から馬具とレザーグッズをつくっているスウェイン・アドニー・ブリッグの傘は、いかにも由緒正しい「傘らしい傘」です。

雨が多く、ハンドメイドにかけては伝統があるイギリス製だから。英国王室のために一〇〇年以上もつくられている傘だから。僕が「傘らしい傘」というのは、そんな理由ではありません。

子どもの頃からどんな人も知っているような傘。なんの変哲もない基本のデザインを守っている傘。そんなところが、ブリッグの「傘らしい傘」であるゆえんなのです。

「いくら傘らしい傘でも、明るく過ごすには地味すぎるのではないか？」

そう思われた人はぜひ一本手に入れて、実際にさしてみてください。

とんとんとんとん。確かな技術で張られた上質のシルクにあたる雨音が小さな太鼓のように響いて、なんとも心躍るのです。

きれいな雨音を聞きながら歩いていると、雨の日が明るくなります。

パジャマ

「家に帰ったら、二回着替えるんです」

知り合いの女性からそう聞いたとき、僕はびっくりしました。

帰宅するなりすぐさま部屋着に着替えてくつろぎ、パジャマになるのは、入浴して眠る前だと彼女は言います。

そのうえ部屋着にも「人に見られたら絶対に困る部屋着」と「ちょっとおしゃれで、アレンジ次第でコンビニくらいは行ける部屋着」の二種類があるというのです。

女性の場合、めずらしくない話かもしれませんが、「部屋着を持っている男」が、いったいどれだけいるでしょうか。

仕事柄スーツを着る人など、くつろぐためのスウェットのたぐいはあるかもしれませんが、家に帰ってスウェットを着たら、寝るときもそのスウェットのままでしょう。この場合のスウェットは、部屋着というよりパジャマがわりだと思います。

あるいは僕のように、外出着が比較的カジュアルであれば、帰宅してもそのままの服装で過ごし、寝る前にパジャマに着替えるというスタイルかもしれません。

部屋着が女性特有のものならば、女の人はちょっとおしゃれなものから純然たるパジャマまで、いろいろなバリエーションを楽しめばよいのではないかと思います。

一方、着るものといえば外出着かパジャマかの二択で、「部屋着」というものに縁がない男性であれば、パジャマに少し、贅沢《ぜいたく》をしてみてはどうでしょう。

僕の場合はパジャマもシャツの延長で選んでおり、ブルックスブラザーズの白と水色。素材は、オックスフォードと麻です。

たかがパジャマとはいえ、上下だと結構な値段になります。

「どうせ誰に見せるものでもないのに、お金をかけてもしょうがない」などと思うと、「どうしようかな」と迷う買い物です。寝心地というのは人それぞれ。Tシャツや下着のままで寝ても平気だという人もいるでしょう。

それでも、一日のうちで眠っている時間は、かなりの割合を占めます。一ヵ月、一年、一生というスパンで考えたら、膨大な時間です。上質のパジャマを着て、寝心地のよさを味わうことは、そう悪くない、小さな贅沢だと感じます。

上質のパジャマの寝心地は、一度は試してみる価値があるのではないでしょうか。

鞄

TOTE BAG

できることなら、いつもいつも、手ぶらでいたい。

できるだけ少ない荷物で身軽に過ごしたい。

持ち物について考えると、これが理想だなという気がします。

だから僕は基本的に、オフの日は鞄なし。ジャケットのポケットに、ハンカチと携帯電話だけ。財布を持つこともありますが、カードを一枚、するりとポケットに入れておけば、たいていの場合はこと足ります。

仕事道具も、できる限り最小限に。書類や筆記用具のあれこれは、なるべく持ち歩かず、家か仕事場の机に置いてあればすむように整えています。

仕事の際に持ち歩くのはペンケース、手帳など、ごく基本的な仕事道具。ハンドクリームやアロマオイル、頭痛薬などをまとめた小物入れ。せいぜいこの程度です。

メインの仕事鞄としては、トートバッグのような籠を使っています。ほかにもレザーのブリーフケース、いただきもののエルメスのグレーの手提げなども持っていますが、籠も含めて、「これは!」という鞄はとりたててありません。

「理想は手ぶらで、鞄はその次」

こんな感覚が根強いからかもしれません。とはいえ、鞄選びの基本である「靴の色と合わせる」というルールは、守るようにしています。

もっとも、男が手ぶらですむのには理由があります。ごく単純に荷物が少なく、服にたくさんポケットがあるため。

女性であればオフであっても、バッグを持たない人はほとんどいないと思います。ポケットなしの服が多いという物理的な理由もありますが、仮にポケットだらけのジャケットを着ていても、手ぶらという女性は滅多に見ません。バッグと靴もコーディネイトの一部だからでしょう。

どんなバッグであっても好みの問題だとは思いますが、きちんと手入れをし、よいものを長く使っている人は素敵です。会うたびに違うバッグを持っている人は、おしゃれなのでしょうが、「ちょっとどうなのかな？」と僕は思います。いずれにしろ、服とのバランスも重要。カジュアルな服なのに豪華なブランドもおかしいし、すごくよい服を着ていながらちゃちなバッグを持っている人も、なんだか不思議な感じがします。

バッグと靴は、「ああ、この人はこういうものを選ぶんだ。こんなセンスをしているんだ」と人から見られるポイントだと知っておくといいでしょう。

季節ごとのブランドの新作、その年の流行など、女性のバッグや靴についての情報は、あふれるほどです。しかし、オーソドックスで上質なものについて知りたいなら、皇室の人たちに注目すると新しい発見があります。

皇室の服装は一般の人にとっては特殊ですし、ファッション雑誌に載っているような「おしゃれ」とは違います。しかしバッグと靴に関して言えば、本当にスタンダードで、よいものを身につけています。特別なブランドではなく、国産品がほとんどだと思いますが、実に上品です。

ルイ・ヴィトンやシャネルの限定品ではないでしょうが、たぶんそれ以上のクオリティ。僕の推測だと、日本橋あたりの老舗のデパートの特選品売り場にあるような品だと思うのですが、どうなのでしょう。

日本のロイヤルな女性たちの持つ小さなハンドバッグの美しいステッチや、オーソドックスなパンプスのかたちのいいヒールは、眺めているだけでひと味違った勉強になるはずです。

セーター

カシミアのセーターが似合うのは、男より断然、女性です。やわらかな風合いが、しっくり自然になじむ気がします。

ニットのやわらかさをより際立たせたいなら、あまり厚着をしないほうがいいでしょう。いくら寒い冬でも、着ぶくれしない姿はきれいです。

女性の場合、スポーティーなものも、避けたほうがいいでしょう。

「トレーニング用のセーターなんて持っていない」と言う人がいるかもしれませんが、僕の言うスポーティーとは、機能でなく印象です。

ロゴが入っていたり、柄や編み込み模様があるようなものは、たとえニットであってもスポーティーであり、かなりカジュアルな感じがします。

あくまでニットは「素材を着るもの」であり、飾りもデザインもいりません。色のバリエーションは無限にありますが、目立たない基本的な色が落ち着きます。

僕のセーターはグレーとネイビーと茶色ですが、女性であってもこの三色を揃えておくと、安心だと思います。

セーターでこだわるべきは、なんといっても素材。

今はカシミアも高級品ではなくなっていますが、いくら手頃だからといって極端に安いカシミアを求めるのは、やめておいたほうが無難です。手が届く範囲で、それでも品質やつくり手に敬意を表す程度の値段のものを選べばいいのではないでしょうか。

カシミアだけにこだわったり、「ビキューナだ、アルパカだ」と高級品ばかりを探さなくても、上質なウールもたくさんあります。

僕は、ニットは素肌に着るものだと思っているので、かたちはラウンドネックかタートル。

特に気に入っているのはタートルネック。首元が詰まっているぶん、きちんと見えます。男女を問わずタートルネックは、ちょっとかしこまった仕事の場でも通用するうえに、寒いときはとてもあたたかに過ごせます。

眼鏡

いちばん目につくアクセサリー。

人によってはなくてはならない必需品ですが、眼鏡にはファッション的な要素もあります。流行しているという事情もあって、視力はいいのにかけている人、日常的にサングラスを愛用している人もたくさんいます。

アクセサリーであり、顔と一体化している以上、眼鏡には自然と、その人の個性が出てきます。

「黒ぶちが格好よい」

「メタルフレームが今年の流行」

トレンドのようなものもありますが、あくまで自分に照準を合わせて選ぶものだと思います。顔立ち、個性、どんな服を着ているか、どんな仕事をしているか。トータルで見た「自分」のバランスに合う眼鏡をかければ、好きなように眼鏡をかけてもいいのではないでしょうか。

僕自身の好みを言えば、デザイン性が高くて凝ったものは苦手です。カラフルだったり、メタルがあしらわれていたり、チェーンがついているといったものは、最初から選びません。ごく普通の目立たない眼鏡を持っています。

もっとも僕は視力がよく、最近になってときどき遠視用のものをかける程度なので、眼鏡に特別な思い入れがないのかもしれません。

ベーシックな約束事として、目につくものだけに、眼鏡は清潔にしておきましょう。清潔感のあるデザインのフレームを選び、磨く、洗うといった、レンズの手入れも怠らないようにしたいものです。

インポートのおしゃれな眼鏡や、思い切り廉価な眼鏡が注目されていますが、ごく普通の価格の日本の眼鏡に目を向けてみてはどうでしょう。福井県の鯖江《さばえ》市など、優良な眼鏡の産地が日本にはたくさんあります。
「国産品の眼鏡」を探してみると、思わぬ老舗の品が見つかるかもしれません。

ハンカチ

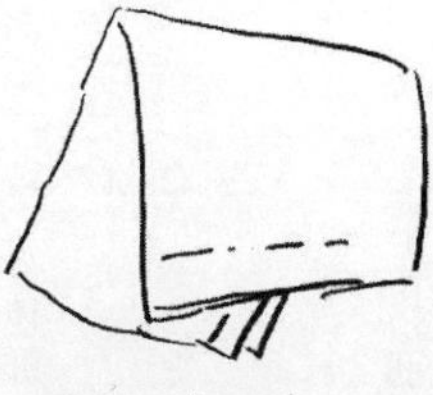

毎日必ず、同じものを使う。
これほど気持ちのよいことはないと思うのです。いつも清潔で、使い心地がよく、人に与える印象もさわやかなもの。こんな身支度が無意識にできれば、日々はすこやかにまわっていくと感じます。毎日にきちんとしたリズムができていきます。
僕にとってそんなアイテムは、白いハンカチ。アイリッシュリネンかシーアイランドコットンのものを、二〇枚ほど持っています。

ローテーションで毎日使っても、二〇枚もあれば、そうそう古びたりはしません。イニシャルもなし。特別な縁取りもなし。なんのデザインも施されていない白いハンカチなので、麻と綿の素材の違いは別として、どれもまったく同じに見えます。しかし、この「どれがどれだかわからない」同じものが、十分備えてある状態が快適なのです。

女性ほどのバリエーションはないにしても、もし僕がチェックや色物のハンカチを二〇枚持っていたら、身支度の際に、「今日はどれにしようかな?」と、迷う時間が生じます。これはちょっとした負担になります。

また、「なぜかわからないけれど、いつのまにか家にある」という色鮮やかなバンダナみたいなハンカチを、無造作に使うのは危険です。その日にたまたま大切な打ち合わせがあり、人前で汗を拭うのがなんだか恥ずかしかった、そんな目には遭いたくないと思います。

だからこそ、白のアイリッシュリネンもしくは、シーアイランドコットン。たかがハンカチとはいえ一枚四、五〇〇〇円くらいしますが、使い心地は格別。思い切ってこだわるだけの価値がある品です。

暑い日には小さいタオルを使うことが稀《まれ》にありますが、タオルハンカチのたぐいは男女を問わず、どうもおしゃれには見えません。実用性は高いのでしょうが、そんなものを使う行為自体が、どうにも野暮だと感じます。

イギリスにアイリッシュリネンを扱う店があり、少し前まで旅行のたびにまとめ買いをしていました。今は日本の、ブルーミング中西というメーカーの品揃えがよいので、デパートなどで入手しています。

帽子やマフラー、手袋

本当に寒い冬の日は、少なくなりました。
純粋に防寒のために「帽子、マフラー、手袋」の三点セットを身につける人は、少なくなっているのではないでしょうか。
コーディネイトのアクセントとして小物を選ぶのであれば、たくさん身につけないのがよいと思います。つまり、「帽子をかぶったらマフラーは巻かない」という具合。
僕たちは日本といういわば〝世界の中の都会〟で過ごしているわけですから、徹底した寒さ対策はいらないはずです。僕は夏にしか帽子をかぶらないので、自然と三点セットすべてを身につけることはありません。

夏の帽子は、パナマハット。ずいぶん前に、ロンドンのLock & Co.という帽子屋でオーダーしたものをかぶっています。

人の頭のかたちというのはそれぞれなので、単純に「頭の大きさ」で買うよりも、きちんと採寸して仕立てたほうがきれいです。似合う帽子を探したいのなら、ぴたりとサイズが合ったものをオーダーするのがいちばんの方法ではないでしょうか。

春夏秋冬、女性のほうがいろいろなファッションを楽しめるのですから、「オーダーした帽子をかぶる」というおしゃれをする人が、もっと増えてもいい気がします。

帽子に限らずマフラーについても、女性のほうが楽しみの幅が広いでしょう。季節ごとに素材を変えたストールで、アクセントをつける人も多いと思います。

僕の場合、アクセントとは真逆に、マフラーはいつもニットと同じ色。ウールのセーターを着るならウールのマフラー、カシミアを着るならカシミアと、素材もニットに合わせています。

手袋については、毛糸で編んだカジュアルなものも持っていますが、革のいささかフォーマルなものをはめるなら、靴に色を合わせます。アクセントであるはずの「三点セット」も、トータルの装いにとけ込むような調和を目指す。ちょっとつまらないかもしれませんが、落ち着いて心地よいやり方ではあります。

値段とファストファッション

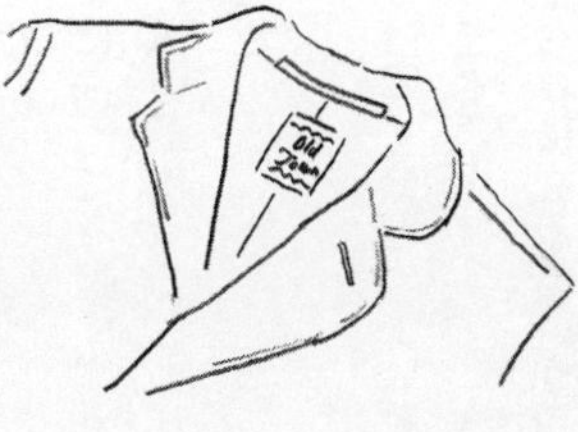

ダイヤモンドが嵌《は》め込まれている時計が高い理由は、誰にでもわかります。手の込んだデザイン、豪華な装飾がなされたブランド品があっと驚くような値段でも、「なるほど」とうなずく人は多いでしょう。

しかし、四角くて白いただのハンカチが五〇〇〇円だったら、「なんでこんなハンカチが、こんなに高いんだろう?」と思うのが普通です。

僕だってそれは、同じです。

ひとつだけ、これは自分の傾向だなと思うのは、「なんでこんなに高いんだろう?」と思ったとき、「同じようなハンカチで、もっと安いものがいくらでもある」と、そっぽを向かないこと。

「地味でシンプルで、誰もが気に留めるようなデザインじゃないのに、ある程度の値段がする。その理由を、知りたい」

僕はこんなふうに考えて、興味を抱きます。

実際そのハンカチを手に入れて、使ってみると、新しい発見があります。

たとえばアイリッシュリネンのハンカチ。

廉価な品とはまったく違う肌触りは、使わないとわかりません。

しばらく使い続ければ、さらなる発見があります。どんなに洗っても型くずれしないこと。吸湿性に優れていて、すぐに乾く麻の特性。長いあいだ使ってもよれず、いつまでもぴんと角が尖《とが》った、きれいな四角を保ち続けること。

たとえば上質の、ハンドメイドの靴。

手に入れてすぐ、履き心地のよさに驚きました。長く履けば履くほど、よい靴が全身に与える影響に気づかされます。疲れ方が格段に違うのです。

愛用しすぎてやがて傷んできても、ちゃんと修理して元どおりになるという頼もしさに、「ずっとつきあえる靴との出会い」という新たな発見があるのです。

僕はよいものだと感じると、さらにそのメーカーについて知りたくなります。するとたいていのメーカーが、長年にわたって上質なものをつくり続けており、それが人々に受け入れられ、暮らしにとけ込んできた歴史を持っていることがわかってくるのです。

すると、また新たな興味が生まれます。

「上質なものを変わらずにつくり続ける姿勢を、どうやって長年維持してきたのだろう？ それが流行にも惑わされずに、人々にずっと受け入れられてきたのは、どうしてなんだろう？」

これが「トラディショナルについて学ぶ」ということかもしれません。

つまるところ、身につけるものを選ぶ際の僕の基準は、二つなのでしょう。
一、デザインではなく品質を基準に値づけがされているもの。
二、長年、つくり続けられた上質なもの。

この二つの基準はまた、「知りたい、学びたい」という探究心を呼び覚ましてくれるきっかけにもなっています。

もちろん、僕は大金持ちではありませんし、際限なく好きなものを買えるなど、あり得ない話です。ことさら贅沢が好きなわけでもありません。

しかし「安いものを探そう」という感覚は、あまり持っていないのです。

ファストファッションがもてはやされ、次々と生み出される安い品を賢く使うという潮流ですが、僕はもったいないと思います。

安いものから安いものへと飛びついていると、いいものを知らずに時だけが過ぎてしまうでしょう。そこに、「もの選びについての成長や学び」はありません。一時的に安くおしゃれを楽しめても、そんなのは嫌だな、と感じます。

それよりは自分に手が届く範囲でいいものを買って、大切に使いたい。

上等すぎて買えないものは、「いつか買えるような自分になれたらいいな」という、憧れとしてとっておきたい。

こんなことを言うとずいぶんストイックに聞こえるかもしれませんが、これはこれで、ひとつの楽しみ方だと思います。

もちろん、すべてオーソドックスなものでも息苦しくなりますから、遊びの部分も必要です。それには自分のワードローブと買い物サイクルを把握しておくといいでしょう。

まず、「シャツ五枚、ニット三枚、パンツ五本、ソックス一〇足」というようにワードローブのキャパシティを決めます。

次に、「シャツの袖口がすれてきたら、同じものを一枚買う」という具合に、どんなときに何を買うのか、買い物計画をあらかじめ決めます。

その際に、「年に一度、身につけたことがないようなチャレンジの品、遊び心の買い物をする。そうしたものは二年ごとに処分する」という要素も、計画に付け加えておくのです。

こうすれば、自分が心地よく生きていくには、何をどれだけ持っていて、どんなものを買えばいいのかがわかります。定番だけしか買えないというプレッシャーもありません。

何より、ものであふれる暮らしからも解放されていくでしょう。

第二章

「食」と「住」のこと

〜毎日の生活を豊かにする工夫

家族のこと

家族というものが、仕事や暮らしの重荷になってはいけないと思うのです。

「家族なんだから、一緒にいるのが当然」

「それぐらいのことは、家族なら、わかってくれるはず」

「家族なんだから、やってくれて当たり前」

特別に意識をしなくても、こんなふうに考えている人は、たくさんいるように思います。それだけ家族の絆《きずな》、目に見えない関係性は、つよいということです。

家族という存在は、大いなる拠《よ》り所となります。

　でも、だからこそ、甘えすぎてしまうのです。

　一緒に暮らしているという心地よさと慣れがまじりあうと、僕たちはいつのまにか、家族を敬う気持ちを忘れてしまいます。

　自分と相手の境界線が薄れていくのは、親しいがゆえの喜びですが、いいことばかりではありません。

「○○してくれて当然」という態度の人々があなたの家族で、いつもあなたに寄りかかり、甘え、全面的に依存してきたら、その関係は次第に重荷になってしまうでしょう。

「妻なのだから、食事のしたくや洗濯をしてくれて当然」

「夫なのだから、はたらいてお金を持ってきてくれて当然」

「子どもなのだから、親の言いつけに従って当然」

　毎日毎日、無言のまま「当然の要求」をつきつけられたら、誰だってくたびれてきます。

　もちろん家族なのですから、親子の愛情、パートナーとしての愛情はあります。

「好きだから、やってあげたい」と、自分のほうから思うこともたくさんあります。

しかし、人と人とのあいだには、愛情だけではなく尊敬の念も大切です。

お互いが相手を一人の人間として敬い、お互いが自分の足でちゃんと立てるように助け合うことは、時として愛よりも大きな思いやりになります。

たとえば子どものためになんでもしてあげて、「自分がいなければ、何もできない人」にしてしまうのは、愛情ではなく子どもの成長を邪魔する行為です。

最初は「子どものことは、すべて自分がしてあげなくてはいけない」というプレッシャーが、親にとっての重荷になります。子どもが成長するにつれて、「何もかもに口出しをし、支配する」親の存在自体が、子どもにとっての重荷になります。

スタートは愛であっても、こんな関係はどちらにとっても不幸です。これは親子間だけではなく、配偶者でもきょうだいでも同じだと思います。

好き嫌いではなく、家族を一人の人間として尊重すること。

たとえ血がつながっていても、結婚して何年もたった配偶者でも、まだ子どもであっても、その人にはその人の世界があると、認めること。

どんなに愛していても、親しくても、「立ち入ってはいけない場所」がお互いにあると、理解すること。

こうした前提で築いていく信頼関係こそ、家族の柱になると僕は信じています。

仕事でも友人関係でも、外の世界ではいつのまにか黙ってフォローしてくれる「お母さん」の役をしてくれる人はいません。そこで、ごく近しい存在である家族間についても、最小単位の「社会」だと考えてみてはどうでしょう。

家庭も小さな社会だと考えれば、「家族なんだから、〇〇してくれるはずだ」という甘えをなくすことができます。相手を「個」として尊重すれば、家族であっても、何かしてもらったときには、感謝の気持ちを忘れないようになります。

こうした家族間の「敬いを忘れないルール」をつくれば、社会に出ていくうえでのよい訓練にもなるでしょう。

家族のルールという言葉は堅苦しく響くので、ちょっと変な感じがする人もいるかもしれません。

「会社じゃあるまいし、ルールなんて他人行儀だ」

こう思う人もいるでしょう。

しかし、同じ家に住んでいる家族でも、つねに一緒にいるわけではありません。多くの家庭では、母親がコミュニケーションの中心になります。母親と子ども、母親と父親といった「一緒にいる時間」はあっても、全員が集まって密にコミュニケーションをとることは、あまりないものです。

子どもがまだ小さければ行事などもたくさんありますが、成長すると「なんとなく家の中にいるけれど、じっくり一緒に過ごすことはない」というように変化していきます。

だからといって、「さあ、家族でだんらんしよう」と集まるのは不自然です。子どもには子どもの世界、親には親の世界があり、それぞれの生活スタイルはすでに違っているかもしれません。好き嫌い、何が心地よいかという感覚が、「家族だから全員同じ」なんて話もあり得ません。

僕は妻と娘の三人家族ですが、娘が成長してきた今、家族でいる時間を無理に増やそうとするのは難しいと感じています。そこでなおのこと、ルールが必要だと思うのです。

「ずっと一緒で、毎日たっぷり顔を合わせているから、黙っていてもわかり合える」

こんな〝家族の幻想〟を、思い切って捨ててみてはどうでしょう。

「たとえ顔を合わせる時間は少なくても、お互いを愛し、尊敬し、信頼関係を一緒に築いていこう」

家族についての意識をこのように変えれば、ルールがいかに役立つ大切なものかがわかってきます。

僕の家のルールは、第一にあいさつ。

「どんなに疲れていても、具合が悪くても、嫌なことがあって苛立《いらだ》っていても、あいさつだけは絶対に、きちんとしよう」

あいさつは暮らしと心を整えてくれる素敵なものなのに、家族だからというなれ合いで、忘れてしまいたくはないのです。

第二のルールはこれです。相手を思いやると同時に、家族の誰かがいつも大きな負担や我慢を強いられることを防いでくれます。

「自分がされて嫌なことは、絶対に相手にもしない。自分のことは自分でする」

「家族のために我慢する」という考えを、ある種の美学のように口にする人もいます。しかし、一人が犠牲になって全体が幸せになるなんて、家族だろうと会社だろうと、あり得ない話ではないでしょうか。

人を幸せにする方法は、まず自分が幸せになること。
家族一人一人が「個」として幸せになり、結果として家族みんなが幸せになる、
僕はそんなふうに思っています。

個室のすすめ

それが朝でも昼でも夜でも、同じです。

家でコーヒーを飲みたくなったら、僕は自分で淹《い》れます。

洗濯機のスイッチを入れて干すのは妻がやりますが、僕も娘もそれぞれ、洗い物があれば自分でまとめます。自分でポケットの中身を確かめ、自分で洗濯機にきちんと入れておかないと、永久に洗いたてのシャツは着られません。

掃除は「これについては私がやります」というように名乗り出て、分担しています。台所は妻に任せるけれど、風呂場は僕の持ち分、というように。

ほうっておくと掃除のいっさいは、ずっと家にいる人に任せることになってしまいます。誰か一人の負担にならないよう、気遣わなければ不公平になります。

娘と妻と僕、家族三人、それぞれ個室を持っています。

どの部屋にも、オーダーした同じ生成りのカーテンがかけてあり、それぞれベッドがあります。本を読んだり、考えごとをしたりするのも自分の部屋です。

鍵はかけていませんが、お互いの部屋に立ち入ったり、干渉することはありません。家の中で唯一の男だというのもあって、僕は妻や娘の部屋にはあまり入らないので、中がどうなっているか、よくわからないくらいです。

本や衣服、ちょっとした小物、共有でない「私物」はすべて、自分の部屋に置きます。

たとえば靴をたくさん持っていて、共有である下駄箱の「自分の割りあて」に入らないぶんは、個室のクローゼットに入れる。

こんな具合に、「個人のエリア」と「三人の共有エリア」をくっきり分けているのです。それぞれが個人の世界を持ちながら、共同生活をしている。これが僕の家族のあり方です。

「なんでも各自でやって、共有スペースと個室があって、きみのうちはシェアハウスみたいだね」

うちに遊びに来た人は驚きます。自分のことは自分でやるルールなので、食事のあとで自動的に食器が下げられるなんてことは、いっさいありません。

しかし、冷たくよそよそしい関係かといえば、それは違います。

個人を大切にすることが、家族を大切にすることにつながる、僕はそう信じているのです。家族が集まり、いろいろなことを話し合ったり、一緒に何かするためには、「完全に一人になれる場所」を確保することが大切だ、そう考えているのです。

どんな人にも「自分だけの避難場所」が必要です。

それは子どもでも同じことで、娘の様子を見ているとよくわかります。

いくらまだ中学生でも、いったん外の世界に出れば、友人や先生など、さまざまな人とのかかわりがあります。その中で、まったくの「個」である自分でいることは、なかなかできません。生徒としての自分、友人としての自分の顔でふるまっていることでしょう。

家に帰ってきても家族がいれば同じです。

家族の中の自分、娘としての自分として過ごすことになります。それらが、自分という「個」と一〇〇パーセント合致しているかといえば、少し違う気がします。大人なら、役割はもっと多くなります。友人といる自分、仕事をしている自分、近所づきあいをしている自分。父である自分、夫である自分。母である自分、妻である自分。自分自身の親の前では、子どもである自分にもなります。

たとえよい関係であっても、お互いに信じ合っていても、そうした「関係性の中の自分」から離れて、「ただ一人の自分」でいる時間と空間がなければ、人であふれた森の中で、素のままの自分が迷子になってしまいそうです。

しかし、一人になれる避難場所があれば、自分についてじっくり考えることができます。自分について考えれば、自分のまわりのささやかな世界についても、おのずと思い巡らすようになります。

こうした思索を経て、はじめて家族の大切さ、かけがえのなさを知り、つながりを求めるようになるのではないでしょうか。

少なくともわが家の場合、避難場所を確保しているからこそ、「集まろう」とわざわざ誰かが声をかけなくても、自然にリビングで一緒に過ごす時間を保てているのです。

家族構成や間取り、家庭によって事情はさまざまに違うでしょうから、個室が難しければ、ベランダでもお風呂場でもよいと思います。

「ここは自分の場所で、ここに来れば一人になれる。個でいられる」

そんなスペースを、家族と自分のためにつくってみてはどうでしょうか。

リビングのルール

何もない、ホテルのような部屋が理想だとは思っていません。

それでも、あまりに生活感が濃すぎる住まいは苦手です。

家というのはくつろげるプライベートな場所ですが、ある種の緊張感はあったほうが、ていねいに暮らしていけるように感じます。

リビングの基調は白と木の色。窓にはウッドブラインドをかけています。

オープンキッチンなのでいわゆるリビングダイニングになっており、いちばん大きなスペースを占めるのは、ナラの木の大きなダイニングテーブル。

その横に、やはり同じような木でできた食器棚があります。調和が大切なので、テーブルと同じ店で買い求めました。

開き扉と引き出しを組み合わせた食器棚ですが、高さがなくて上にものを置ける、サイドボードのようなデザイン。テレビを置くのにちょうどよいのです。

気に入った食器を選び抜き、最小限を五セット買うのが原則なので、大きな食器棚はいりません。

リビングには、ごくシンプルなソファも置いています。

「三人家族だったら、三人座ればちょうどいい」という考えもあるでしょう。しかし、三人以上座れる余裕があったほうが、心地よいことは確かです。

娘も大きくなったので、最近、長いソファと一人がけのソファの組み合わせに変えました。

ダイニングテーブルと椅子。テレビ台も兼ねた食器棚。ソファと小さなコーヒーテーブル。あとはただ、白い壁ばかりというリビングです。

猫がいることもあって、なるべくごちゃごちゃと、ものを置かないようにしています。

それぞれ、自分の本は自分の部屋に置くので、リビングに本棚はありません。

小さな空気清浄機がありますが、家具の死角になるところに、ひっそり収まってしまいます。娘のゲーム機や電化製品のたぐいは、使わないときにはすべてしまうことを徹底しています。リビングには家族共有のパソコンがありますが、無線ＬＡＮなので自分の部屋に持っていくこともできます。ソファに座って膝の上で広げられる小さなノートブックだから、かさばりません。

世界には、たくさんのものがあふれています。うっかりすると、調和を乱すようなものも侵入してきます。吟味し、暮らしの中に余分なものが増えないよう、よくよく気をつけていないとあぶないのです。

そこで、僕がおすすめしたいのは引き算です。

たとえばうちのリビングだと、壁が白いから何かしら飾りたくなりますが、かけ時計ひとつ、小さな絵一枚にとどめています。

床がフローリングだと、ソファのスペースやダイニングテーブルのスペースにはラグのようなものを敷きたくなりますが、あえてやめています。なんの気なしに敷いてしまいがちでも、ラグやカーペットのレイアウトは本当に難しい。下手なものを選ぶくらいなら、何もないほうがいいと思ってのことです。

小物も、「かわいいから、目にとまったから」といって気軽に買っていると、調和を乱す原因になります。鍵や印鑑など、ちょっとした品を置く小物入れみたいなものこそ、慎重に選びます。

家具と小物の素材や色調を合わせるようにすると、ちぐはぐになる危険がありません。木の家具なら木の小物、メタリックな家具ならメタリックな小物。同じ木でも、焦げ茶の木か、パインのような明るい木目かでも変わってきます。

ごみ箱も家具と調和がとれるものを。くすんだ色の木の家具が多いわが家は、ラタンの籠を使っています。

僕は「ごみ箱を増やせばそれだけごみが増える」と信じているので、自分の部屋には置きません。リビングと洗面所と娘の部屋。うちのごみ箱はこれだけです。生ゴミやペットボトルのたぐいはカウンターキッチンに内蔵されたダストボックスへ。こんなちょっとした工夫で、ずいぶん引き算ができます。

唯一たくさんあるのは、照明器具。スタンドや小さなライトがいくつもあります。娘の友だちが遊びにくると、「暗い家だね」と驚くこともあるようですが、間接照明でほの暗いほうが気持ちも休まるし、ほっと落ち着けます。

リビングはお店やオフィスではないのですから、部屋のすみずみまで見渡せるほど明るくしなくてもいいのではないでしょうか。

なるべくものを増やさず、調和をこわさない。全体として引き算くらいがちょうどよいのです。

特別なもので飾るより、毎日ていねいに掃除をすることが、いちばんよいインテリアだと僕は思っています。

WALL
clock

テーブルと椅子

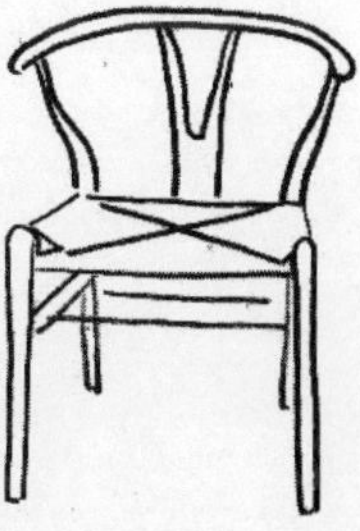

いろいろな国を旅していると、たいていの街に広場があります。

教会、噴水、大きな時計塔。

どこの街の広場にも、何かしら目印があります。

ヨーロッパの旧市街など、迷路のように曲がりくねった道が入り組んでいても、広場に出たとたん、ふうっと空間がひらけます。

どんな広場にも、その街の人々がふと、集まってきます。

ダイニングテーブルは、家の中の広場のようであってほしい、僕はそう思います。

家の中の広場のごとく、家族が自然と集まる場所。新聞を読んだり、宿題をやったり、本を読んだりと、そこで思い思いに過ごしてもいい。一緒に何かをしたり、語らってもいい。まさに自由な広場のようなテーブルが理想です。

わが家のダイニングテーブルは、横幅一九〇センチ。三人家族ですが、六人がゆったり座れるくらいのスペースです。

個室を確保していることもあって、ダイニングテーブルは唯一家族が集まる場所。人と一緒にいたいときにやってくる場所でもありますから、できるだけ快適に過ごせるよう、整えておくことにしています。

いつもきれいにしてあるし、ごちゃごちゃものを置かない。ナラの一枚板なので、オイルが抜けてきたのに気づけば塗り、きちんと手入れをし、家族みんなで大切にしています。

家の中に置かれる家具や小物はペットと同じで、家族の一員だと思います。

特にダイニングテーブルは日々みんなが目にして使うものですから、「こんなの、好きになれない」という品は選ばないほうがいいでしょう。

家族全員で家具を買いにいくのが、わが家のならわしです。もちろん、どんな家具が好きかは、おのおの趣味もあります。心がぴたりと一致することは、実際、なかなか少ないものです。

僕はこっちがいい、私はあっちがいいとなった場合、どちらかが押し通したり、どちらかがいややいや折れるのではなく、「なぜ、こっちのほうがいいのか、あっちのほうがいいのか」について、相手の意見をきちんと聞く。そうすると、「ああ、こんな考え方なんだ」と納得できたりします。家具選びは、家族でじっくり話し合うチャンスでもあるということです。

テーブルと一緒に、椅子も選びます。

ダイニングテーブル用に六脚、僕の部屋と娘の部屋用に二脚、同じ椅子を揃えています。テーブルと同じ店で求めました。

椅子は靴と同じで、ちゃんとしたものでないと体の負担になります。長く座っていると疲れる椅子は意外にたくさんあるので、気をつけたほうがいいでしょう。

テーブルにしても椅子にしても、「高ければ安心だ」というわけではありませんが、毎日使うものについて、あまりに安いものを認めてはいけないと考えています。

自分の子どもの頃を思い出すと、「当時は気がつかなかったけれど、ずいぶん安物で生活してきたな」と感じます。普段使うものは量販店の安物でも、よそいきのものにお金をかける、それが少し前までの日本人の価値観でした。

昔、植え付けられた価値観のままでいる人が、今でも多いのではないでしょうか。「二〇万円のテーブルなんて考えられない」という人が、一〇万円するブランドバッグを平気で持っていたりするのは、どうにもバランスを欠いています。バッグを持って出かけるのは週に数回でも、テーブルは毎日、接するものです。

「椅子に一〇万円」は、高いといえば高いという気が僕もしますが、ものすごい贅沢だとは思いません。

生活を豊かにしてくれるツールにお金をかけるのは、決して無駄遣いではないはずです。

テーブルと椅子のデザインや機能性を考えると、優れた品がたくさんあるのは北欧です。

寒くて厳しい冬が長く続く土地ですから、外に出て、自然を楽しめる時期が限られています。

家で過ごす時間が長いからこそ、いかに家の中で日々を心地よくするかの知恵が、じっくりと積み重ねられてきたのでしょう。家にいながら自然を感じたり、春の木々の息吹や鳥の声を想像できるような工夫がされている家具がたくさんあります。北欧の人々のリビングには、きっと家族の広場のような、素敵なダイニングテーブルが置かれているのだと思います。

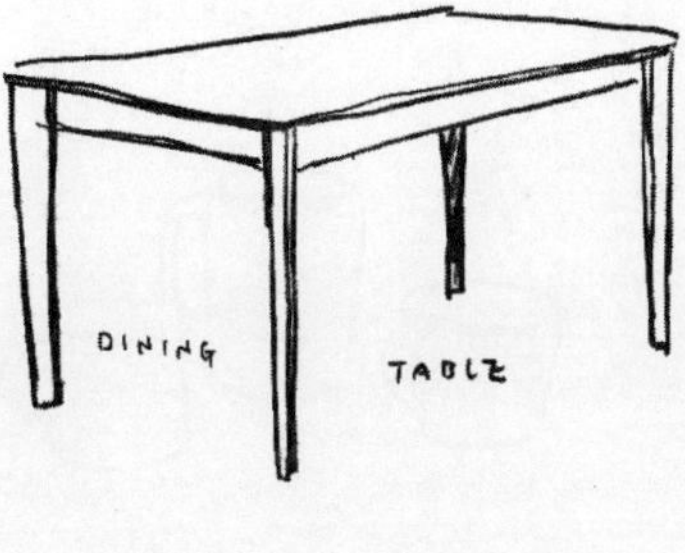

マグカップと食器

食器だけに限った話ではありません。
家の中のものや、インテリアについて、いつも意識しているのは調和です。たとえば夕ごはんのとき、テーブルの上の食器がバラバラで、色もデザインもしっちゃかめっちゃかだったとします。これでは、どんなにおいしそうなごちそうが並んでいても、台無しになるでしょう。
調和のとれたテーブルセッティングを考えれば、どんな食器を揃えればいいかがわかってきます。いくら自分が「このデザインが好き！」と言っても、家族と暮らしているのなら、いくつかの食器が並んだときに、おかしなことになります。

娘が小さかった頃も、キャラクターの絵がついたお皿は、絶対にあり得ないものでした。

幼い子どもであっても、全部の食器を並べてみせて、「ひとつだけ絵がついていると、おかしいよね」と話せば、「うん、そうだね」と理解できるのです。

そんなわけで、わが家の食器はかなりシンプル。ほとんど柄物がないし、洋食でも和食でも合うような、装飾がないものばかりです。

別に、職人がろくろを回した工芸品である必要はありませんが、基本的に大量生産ではないものを選ぶようにしています。

愛情もなく、ただ機械で生み出されているものを少しずつ暮らしから排除していくと、ものを大切にし、かわいがるようになります。ちゃんと手入れもするようになります。そうすると家の中に、あたたかさが生まれてくると感じています。

家族でのおしゃべり、家でくつろぐときの主役は、マグカップ。

家の中でカップアンドソーサーというのは、やりすぎな感じもするので、あまり使いません。シンプルなデザインのマグカップを六客ほど揃えていれば、お客さんが来たときにも、ちゃんとおもてなし用に使えます。

マグカップは毎日使うし、一人で何か飲みたいときの、気の置けないパートナーでもあります。

食器は同じもので揃えて調和を大切にしますが、家族三人、〝マイマグカップ〟はそれぞれ自分の好みのものをバラバラで使っています。

一人のときはキャラクターがついたカラフルなマグカップで飲める気安さも、家の中には必要です。

お茶碗とお箸

　エコロジーが普通のこととして広まるにつれ、マイ箸を持つ人は珍しくなくなりました。だけれど、マイフォーク、マイスプーンを持ち歩く人はいません。たいていの家では食事の際、ごはんについては「お父さんの茶碗《ちゃわん》、お母さんの茶碗」と分けています。しかし、カレーライスやパスタを食べるときの洋皿を、「これはお父さん専用、こっちはお母さんの」としている家庭は、あまりないはずです。

　ちょっと考え方を切り替えて、家の中の食器はみな、フォークやスプーンや洋皿と同じだと見なしてはどうでしょう。

同じお箸を揃えておいて、きれいに洗ったものを、みんなで使う。

同じお茶碗を揃えておいて、みんなが同じお茶碗を使う。

「個別のお箸、お茶碗」をやめれば、テーブルの上はかなりすっきりします。統一されたお箸やお茶碗が並んでいるだけで、なんでもない晩ごはんでも、きちんとして見えます。

「あれ、間違えてお父さんのお茶碗にごはんをよそっちゃった」

「ねえ、僕の箸はどこ？」

誰がどのお茶碗、どのお箸を使ってもかまわないので、こんなやりとりも、いりません。

子ども用には小さなお茶碗、大人なら大きなお茶碗というのも、縛られる必要がない決まりごとだと思います。

わが家のごはん茶碗は、小振りのもの。子どもは軽めの一膳、大人はおかわりをするという具合に、同じお茶碗でこと足ります。もっとも、「いっぺんにたくさん」より小さいものでおかわりするのが好きだという、僕の趣味もあります。

お箸は手づくりの檜製《ひのきせい》。軽くて丈夫なところが気に入っています。

お客さんが来ても大丈夫なように、同じお茶碗とお箸を五セット。これで食事の基本は、準備万端整います。

手入れして長く使うことが好きだと何度も書いていますが、お箸は例外です。年季が入ったものはなんだか嫌で、お正月の日に新品に取り替えるのが、毎年の行事になっています。

お弁当箱とお鍋とやかん

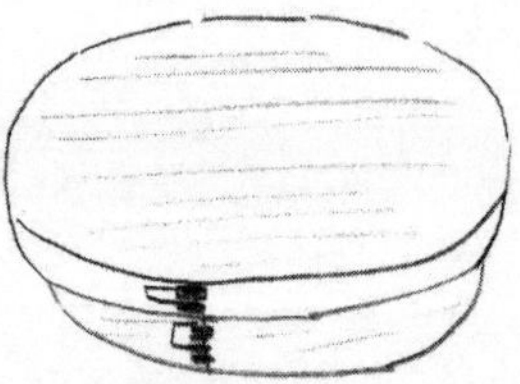

昔からずっとある、素朴な道具が好きです。

お弁当箱なら、子どもの頃に持っていたのと同じ、アルミのもの。使っているうちにボコボコへこんでくるような、ちょっと茶色いアルミです。両脇に、ぱちっと留める金具がついています。

密封できるわけではないので、斜めにすると汁物などは漏れるし、決して機能的とは言えません。しかし、いくらプラスチックが便利でも、清潔感があるのはアルミです。

おかずはアルミの弁当箱に入れて、傾かないようにそうっと持ち運ぶ。ごはんは断然、曲げわっぱ。余分な水分を吸ってくれるので、お米がいい感じになって、とびきりおいしいのです。

漆塗りの楕円《だえん》のお弁当箱も持っていますが、とてもきれいで気に入っています。汁物も入れられるし、つややかな漆が、ちょっとよそいきの感じにもなります。

今はお弁当を持っていく機会が減りましたが、どのお弁当箱も大切にしまってあります。

包丁や鍋は妻の範疇《はんちゅう》なので詳しくは知りませんが、基本の鍋はル・クルーゼとストウブ。日本でも大人気のフランスの定番鍋です。

このセットに、味噌汁用の柳宗理《やなぎそうり》の小さな鍋があれば、たいていの料理でこと足りているようです。

便利さを追求していくと、台所道具というのは、数限りなく増えていきます。しかし、昔ながらの素朴な道具でていねいにやりくりしていくと決めれば、むやみに増えはしないのではないでしょうか。

だいたい東京の同じ店で買っていますが、やかんは海外で見つけたアンティークのもの。

お湯が沸くまでのしばらくのあいだ、時代をへたほうろう引きのやかんのふたがカタカタ鳴る音に耳を傾けていると、ほっとひと息つける気がします。

朝ごはん

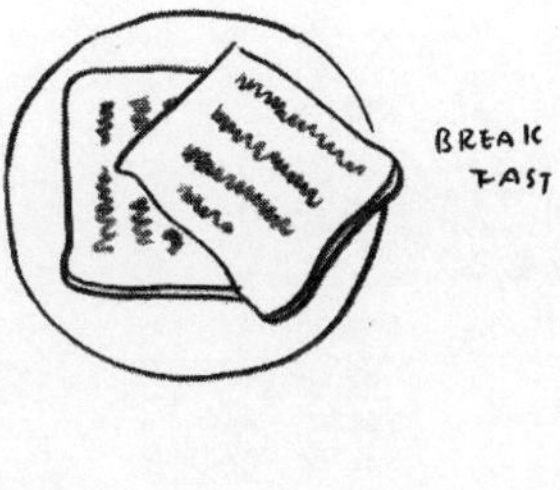

シェアハウスと言われるくらいですから、わが家の朝ごはんはセルフサービス。めいめいが自分の好きなものを、自分の都合のよいときに食べます。ダイニングテーブルに家族が集まり、一緒に食べながら話をするのは、晩ごはんのときに。そのほうが一人一人に負担がありません。

朝はそれぞれ時間帯が違います。起きる時間も出かける時間もまちまち、そんな家庭がほとんどではないでしょうか。

僕は毎朝五時に起きますが、家族はまだ寝ています。体調によって、起き抜けに食べたい日と、しばらくしてから食べたい日があります。これは誰でも同じでしょう。一人のほうが、よけいな気を遣わずに朝をスタートさせられるのです。

娘も小学校二、三年生の頃から、自分の朝食は自分で用意しています。ごはんが食べたい日は味噌汁、パンの日はスープというように、何かしらつくっているようです。

妻は六時頃起きてきて、娘のお弁当をつくりながら、自分の朝ごはんはパンなどですませています。

僕の朝ごはんは、だいたいパンとコーヒー。

朝食用のパンは、いつも自分で買っておきます。

朝に関して言うと、自分の食材は自分で用意するのがわが家の基本。さすがに娘は妻に頼むことが多いようですが、僕が娘や妻のものを勝手に食べると、怒られます。すべて予定があって用意してある「人のもの」なので、家の中の食べ物に手を出さないようになりました。

天然酵母の手づくりパン、外国の有名店のパン、昔ながらの素朴なパン。

東京は街のあちこちに、おいしいパン屋さんがたくさんあるので、出かけたついでや仕事帰りに、いろいろな店のものを買います。

ジャムやはちみつは人からいただく機会が多くてうれしいのですが、ときどき自分で買うとなると、いちばん好きなジャムはブルーベリー。

吉祥寺のパン屋ダンディゾンでは、季節ごとに無添加の手づくりジャムが手に入ります。僕は、オーナーの引田かおりさんのお姉さんがつくる鹿児島のブルーベリージャムが大好きで、毎年、楽しみにしています。

お気に入りのはちみつは、イギリスのコッツウォルズ地方のもの。あまり濾過《ろか》していないので固まっている部分も多いのですが、すごくおいしくてトーストにたらすと幸せになります。

パンと一緒に、ミルクを入れたインスタントコーヒーを。その日の気分で、日本茶、中国茶、ハーブティーを飲むこともあります。

僕の家のやり方を、ちょっと極端に思う人もいるかもしれませんが、実にマイペースな朝ごはん。

個人の領域を守ることで、自分らしい一日をはじめられたら、それはそれでいいのではないかと思っているのです。

家族揃って同じものを食べなくても、きちんと「おはようございます」とあいさつをかわせば、ちゃんとバランスもとれる気がします。

スリッパ

わりあいに長いこと、スリッパを探しています。

妻と娘が部屋の中で履いているのは、バブーシュ。モロッコの革製のサンダルで、女性に人気だと聞きます。家族が共有で同じものを使うことが多いから、僕もバブーシュにすればいいのかもしれません。きらきらした飾りや刺繡《ししゅう》がついていない男性用もあるのですが、やっぱり自分が履くとなると、少し違和感があります。

少し前までビルケンシュトックのサンダルを、スリッパもしくは室内履きがわりにしていました。履き心地はよいのですが、しっかりしたゴム底がついた重い外履

きです。足音が響くのでやめました。

理想はシンプルなデザインの、クオリティの高い革のもの。革というのは安物だと鞣《なめ》しが悪くてにおったりするので、よいものを選ぶに限ります。もちろん、長い間、履けるようなものがいいのです。

しかし、あまり高級なのは困ります。デパートの特選品売り場に行けば、素敵な男性用スリッパが並んでいますが、一足五万円という立派な値札がついています。イギリス貴族がお城でくつろぐときに履いているような、黒革のスリッパ。きれいだし、シンプルなデザインも格好よいと思いますが、あまりに高級すぎて、僕にも、僕の住まいにも、とうてい似合わない代物です。

思い切れば、五万円というのは出せない値段ではありません。

しかしスリッパに五万円払うというのは、僕にとっては分不相応だし、暮らしの中でバランスを欠きます。三万円であっても「ちょっとどうかなあ」と思います。チープなものは嫌だけれど、高級すぎない理想のスリッパに、出会いたい。

そんなわけでスリッパ探しはしばらく続いており、今のところ家の中では、僕だけソックスのまま過ごしています。

「たかがスリッパに、そんなにこだわることもないんじゃないか」

こう感じる人もいるかもしれません。

しかし家で使うものというのは、自分の暮らしの根っこに迎え入れるものです。「とりあえず」とか「ついでに」といったぞんざいな気持ちで、変なものを仲間入りさせたくはないのです。

ものとはいえ、一緒に生活していくのですから、慎重すぎるくらい慎重に選んでもいいのではないでしょうか。

一生つきあえる店を持つ

信頼できて、安心できて、「ここで探せば大丈夫」という店を持つこと。

一生つきあえるような存在の店があると、心づよくなります。

ベッド以外の家具はすべて、世田谷にあるSTANDARD TRADE.という店で誂《あつら》えています。オーナーの渡邊謙一郎さんは、デザイナーでもある家具職人。九八年の設立以来、すべて自社工場、自社スタッフで、飾り気のないすっきりとした家具を丹精込めてつくっています。オーダーの場合、出来上がりまで二ヵ月ほどかかりますが、その待ち時間もなんだか楽しいのです。

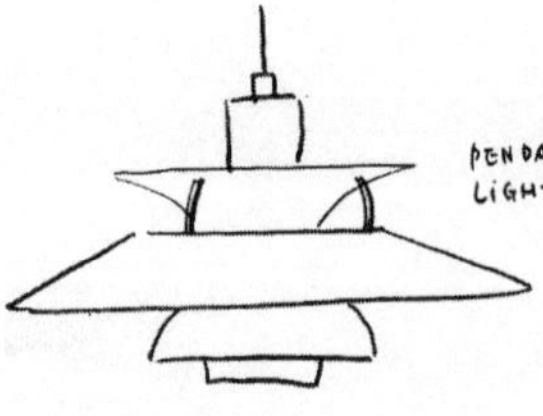

家具屋さんをひとつに決めてつきあうと、増やしたり、修理をしたりするときに、とても助かります。娘の勉強机が必要になったら、ちょっとしたスツールがほしくなったら、ソファが古びてきて布を張り替えたくなったら、どんなときでも、渡邊さんのところへ行けば万事大丈夫。

迷わずにすむし、何より同じ店の品ですから、新たに迎え入れた家具が、ずっと前からそこにあったかのように、しっくりと部屋になじんでくれます。新しい家具を買ったというより、仲間が増えた感じになるのです。

家の中の照明も、STANDARD TRADE. のオリジナル。ダイニングテーブルのところだけ、ちょっとデザイン違いにしていますが、どれもシンプルなスチールの笠《かさ》がついたものです。

家具、食器や生活雑貨、タオルとリネン。

この三つについて、「この店」というのを決めておくといい気がします。

キッチングッズやテーブルウエア、ちょっとした小物はたいてい、六本木のリビング・モティーフ。「夏用のコースターが必要だな」とか「ソース入れが壊れた」というときは、リビング・モティーフへ。かれこれ二〇年ほどのつきあいです。

檜のお箸も洋食器もリネンも揃いますから、何か入り用になったとき、あてどもなく街をさまよわなくても、リビング・モティーフに行けば安心です。

そのほかに好きなのは、松屋銀座七階にある、デザインコレクション。何かを探していて、リビング・モティーフにも松屋のデザインコレクションにもなければ、しばらく買わずに我慢するという感じです。

「あそこにあるものはどれも高いでしょう。似たようなもので、もっと安いものは見つかりますよ」と言う人もいます。

たしかに、きちんと選ばれた品はそれなりの値段がします。

僕にしたところで、いくらお店を決めていても、そこにある好きなものを好きなだけ買うような贅沢はできません。

しかし、店に足を運んで、「これなら、自分にも手が届く」という品を慎重に選ぶなら、特別な贅沢というより、堅実な買い物になるでしょう。

肝心なのは、すぐになくなってしまわない、長く続いている店を選ぶこと。長いつきあいであれば、いろいろ相談できるようになります。

信頼関係ができた、自分の趣味にぴたりと合うお店がなくなるほど、悲しい気持ちになることはありません。

アロマオイル

「ああ、うちに帰ってきた」

玄関のドアをあけてほっと安らぐのは、いつもの香りが出迎えてくれるからです。リビングでいつも焚《た》いているローズマリーの香りをかぐと、「ああ、自分の場所に戻ってきた」と思います。

香りは、目に見えない部屋の一部。家具と同じくらい大切なものです。

家具は家の中にとどまりますが、香りは持って出かけることもできます。

いつもと同じ香りがあれば、旅先のホテルだって、たちまち自分の場所にできるということです。

僕のいちばん好きな香りは、ローズマリー。甘すぎず、すっきりしているところが気に入っています。ブレンドされているオイルは別だと思いますが、純正のローズマリーなら、ボトルやラベルのデザインは違っても中身に大差はないと思うので、特に決まった銘柄はありません。大きなドラッグストアで手に入るような、気楽なものを使っています。

ディフューザーは、マークスアンドウェブで扱いのあるもの。香りの強弱がつまみで調節できるのも便利だし、コンパクトで化学の実験に使うような独特のかたちが、インテリアとしても悪くないのです。

リビングでも自室でもアロマオイルは必需品なので、オイルを上にたらして電気であたためるタイプのものも併用しています。

最近は、イムネオールというオイルに凝っています。トークショーでご一緒したとき、料理研究家の高山なおみさんが教えてくれた万能薬。ヨーロッパでは、風邪の予防薬として使っているお医者さんもいるようです。

ユーカリ、ローズマリー、ティーツリー、コーンミントやクローブなど、九種類の天然アロマオイルがブレンドされています。すーっとする香りとつけ心地で、肌がカサカサしたときに塗ってもいいし、ちょっと気分が沈んだときやリフレッシュしたいとき、ハンカチにひとしずく垂らして、かいでもいい。一日中仕事をして凝った肩や首筋に塗ると、リフレッシュできます。軽く頭痛がするというときも、気分転換したいときも、大活躍のオイル。

　高山さんに使わせてもらったとたん、僕はたいそう気に入ってしまいました。大量に買い、自分がいつも持ち歩いているのはもちろんのこと、「ストレスにすごく効くよ」と、会社のみんなに配ったくらいです。

AROMA OIL

外に出るときは、もっぱらこのイムネオールを鞄に入れ、オーデコロンのたぐいは使いません。

眠るときだけときどき、アロマのフレグランスをつけます。シーツや枕にしゅっとひと吹きし、自分の好きな香りに包まれていると、なんだか気持ちよく、ぐっすり眠れる気がします。

愛用している香りは、世界最古の薬局、サンタ・マリア・ノヴェッラのもの。パチューリというシソ科のハーブのオーデコロンが気に入っています。

オーガニック

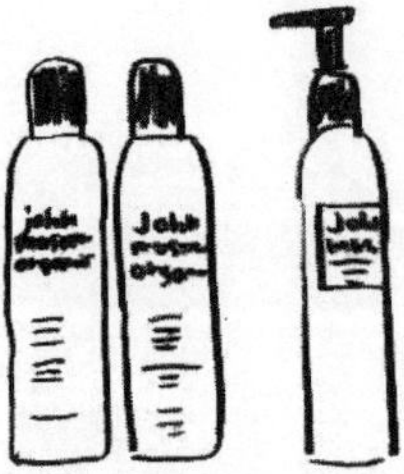

歯磨き粉をオーガニックに変えたときは、不評でした。

そもそも泡立ちが悪いし、味も苦い。ミントなのですが、普通のものに慣れていると違和感があります。

しかし、慣れてしまえば、どうということはありません。

洗濯用や食器用の洗剤、柔軟剤。こうしたものもオーガニックに変えてから、心なしか体がすっきりしたような気がします。

通常の品はだいたい、ケミカルなものです。ごく微量だとしても、結果的には化学物質が体の中に蓄積していきます。

かつては家族も僕も、タオルがふわふわになるし、洗ったあともよい香りが漂う柔軟剤が好きでした。しかし、いったんオーガニックのものに変えてみたら、もう戻れません。

天然のものなので香りはかすかですし、泡立ちも少ない。でも、慣れてしまえば盛大に泡が出る品を不自然に感じるようになります。

シャンプーは、アメリカで出会ったジョンマスターオーガニック。化学物質をいっさい使っていないもので、最近は愛用している人も多いかもしれません。

洗顔後の化粧水やアフターシェイブローションも、オーガニックのものを。体に直接ふれるものは、なるべくオーガニックに変えています。

しかし、これも個人の嗜好と、年齢的なことが影響してきます。

改めて聞いたことはありませんが、おそらく僕の娘は、「オーガニックなんて知らないもの」とばかりに、自分は自分で友だちに聞いたりして、ケミカルなシャンプーなど、あれこれ試していることでしょう。

オーガニックのハーブや野菜とは、化学肥料や薬剤を使わず、生態系と調和した有機農法でつくられたものを指します。中学生の女の子がストイックに「オーガニックに限る」と決めるのではなく、好奇心が赴くままにあれやこれやに手を出すのも、ごく自然なことかもしれません。

花と花瓶

おいしい肉屋さん、おいしい八百屋さんを知っているのと同じくらい、素敵な花屋さんを知っているというのは、幸せなことです。

たとえば、うれしいことやお祝いごとがあって、人に贈るブーケをつくるとします。

相手の人となりとセンス、自分の趣味と好み。花選びというのはとても感覚的なものです。どんなブーケをつくってほしいか、いくら言葉で説明しても、伝わらない花屋さんにはまるで伝わりません。よく知ら

ない花屋さんにお願いして受け取りにいったら、自分ではどうにもしっくりこない賑《にぎ》やかすぎるブーケができていた。そんな場合も、頼んだからには引き取らないわけにはいきません。持って歩くあいだ、その騒々しいブーケは、きっと重たく感じるでしょう。花束に贈り手のセンスが表れるとすれば、相手がどう受け止めるかと想像すると、なおさら重くなるでしょう。

僕が信頼し、「ブーケをお願いするならここで」と決めているのは、青山のル・ベスベ。新鮮な花を扱っているのはもちろんのこと、オーナーの髙橋郁代さんのセンスがシンプルで独創的なのが魅力です。

アンティークのコサージュのような花束。野に咲いている花を、そのまま摘んでまとめたような自然なブーケ。どれもきらびやかではなく、さりげないのに、はっとするもの。間違ってもかすみ草なんかで膨らませていません。

ル・ベスベ以外に、家や仕事場の近くの花屋さんにも行きます。

僕は白い花がいちばん好きで、自分用にも、人にあげるものでも、たいてい白を選びます。春ならチューリップ、夏には百合、秋はコスモス、冬は水仙という具合に、白い花は一年中咲いていて、どれもみなきれいです。

うちは花瓶をあまり使わず、旅先で買ったアンティークの水差しやピッチャーなどに、さっと生けることが多いです。

唯一の花瓶といえば、フィンランドの建築家アルヴァ・アールトによる、波をかたどった「アールト・ベース」。大中小と揃えて、日々の花を楽しんでいます。

ベッドと枕とリネン

眠りの道具は本当に大切で、なんでもいいというわけには、どうしてもいきません。

毎日、その日の終わりに身を横たえたとき、「ここで眠れてよかった」という快適さがあるもの。

心地よく、やすらげるもの。

そんなベッドや枕を使いたいと思います。

世界中に展開しているウェスティンホテルは東京や大阪にもありますが、特に力を入れているのはベッド。「ヘブンリーベッド」の名前のとおり、ふわふわで抜群の寝心地は、まさに天国のようだと評判になっています。

いかにもアメリカのホテルらしく、リネンからバスローブからベッドまで、インターネットでホテル製品の販売もしています。

ヘブンリーベッドはとびきりの寝心地ですが、一式揃えるとなるとかなり高価なものなので、今は「うらやましいな」と眺めているだけ。分相応の範囲で、できるだけ上質なものを使っています。

今のところ、僕のベッドと枕はテンピュールです。

テンピュールはＮＡＳＡの研究がもとになって開発された素材で、寝ているうちにベッドが体に合わせたかたちになってくる独特のもの。愛用している人もいると思います。

どうやら重力と湿度に反応するらしく、冬のテンピュールベッドは、しばらくのあいだ固いのです。体温であたたまり、体になじんでくるとやわらかくなるので僕は平気なのですが、妻と娘は「冷たいし、石の上で寝ているみたいで嫌」と、違うベッドを使っています。

サイズは全員、セミダブルに統一。こうすればベッドリネンは共有できますから、決まったところにたたんで置いてあるものを、めいめい勝手に取り替えられます。枕カバーもシーツも、ベッドまわりのリネンはすべて白の麻。同じものを数組用意し、ちょっと古くなったらすぐに新品をおろせるように、ストックも買っておきます。

タオルも全員で共有で、ウェスティンホテルのものです。タオルなら手が届く値段ですし、ホテル仕様のものは、なんといっても丈夫なのが気に入っています。どんな家庭でも、タオルは毎日使うもの。冬場などに乾燥機をまわすと、普通の品はすぐ駄目になってしまいます。その点、ホテル仕様なら頑丈だし、デザインもシンプル、何より使い心地がいいのです。

ただ、最近そうしたバスタオルも使わなくなりつつあります。

朝晩シャワーを浴び、そのたびにバスタオルを洗っていたら、毎日の洗濯物の量がぐんと増えます。だからといって、一度使ったタオルを干しておいてもう一度使うのも、ちょっと嫌な感じがします。

「風呂上がりにはバスタオル」という思い込みをなくせば、普通のフェイスタオルでも長さが九〇センチ程度ありますから、ちゃんと全身がふけます。

女性は髪の毛が長いのでフェイスタオル二枚。僕は一枚。これでまったく困ることなく過ごしています。

リネンやタオルを全員共有の同じものにしておけば、家族みんなで使えるし、買い物のときに迷わずにすむし、ベッドまわりも、バスルームも、洗ったものをストックしてある棚もごちゃごちゃしません。

冠婚葬祭、お中元やお歳暮でいただくタオルもあるのですが、すべてバザーなどにまわして「すっきりした心地よさ」を維持するようにしています。

第三章

「仕事」のこと

~働くうえで考えるルールと作法

つねに先手を打つ

僕には「ここぞ」というときがありません。

つねに準備し、段取りし、念入りにものごとを行う習慣がしみついているので、「いざというとき」がほとんどないのです。

大事な仕事のための勝負服もありません。

せいぜい、いつもの白いシャツをきちんと着るくらいです。

なぜなら、僕が何か行動をおこすときは、ある程度、自分のイメージどおりにものごとが進むくらい、準備が整ったときだから。なんだか偉そうに聞こえるかもしれませんが、想定外はあり得ないのです。

たぶん料理と同じことだと思います。

いちばん大切なのはよい素材集めですから、足を棒にして汗をかき、必死になってやります。最高の食材を揃えるには、いい八百屋さんや農家、ときには漁師とのつながりがなくてはなりません。

同じように、仕事においてもいろいろな関係性を築くことが、よい素材集めには欠かせないプロセスです。この部分は、余裕しゃくしゃくでできるわけがありません。

関係性を築くには、積み重ねがものを言います。約束を守る、あいさつをきちんとするといった、日頃の態度がものを言いますから、「ここぞ」というときだけ愛想よくしても、なんの意味もないのです。

素材を集めたら調理をする前に、道具の配置、調味料の並べ方など、最高のパフォーマンスができるように整理整頓しておきます。仕事道具やデスクまわりを整えたり、連絡や段取りを抜かりなくやっておくのも、同じことです。

ここまですませておくと、いよいよ料理にとりかかるときは、すべては万端整っています。「もう、おいしくなるしかない」というゴールに向かって、まっしぐらに、スムーズに、ただ進むだけです。

仕事もこんな具合であれば、強引に主張を通したり、「ここぞ」という一発勝負をする必要はなくなります。

もちろんクロージングは大切です。最後の詰めまで息を抜かず、念入りにするべきですが、あまりに必死になるのは僕の流儀ではありません。

いくら一生懸命だとしても、切羽詰まった顔でがむしゃらに働いていたらどうでしょう。

仕事相手は「こんなに焦っているけど、大丈夫?」などと、思うかもしれません。どんなケースでも、不安を与えてはいけないと思うのです。

だからこそ、素材集めなど、見えないところでやる準備は必死になるけれど、仕事そのものは、余裕を持ってさらりとこなす。すべての仕事をこんなふうにできたら、最高だと思います。

若いうちはろくに準備をせず、ぎりぎりのところのアドリブで間一髪、うまくいくという仕事の仕方を、格好よく感じるかもしれません。

「何も準備していなかったのに、いざとなればどうにかなるもんだな」と、自分は満足かもしれません。

ところが、悦に入っているのは自分だけで、まわりから見ると「合格ラインぎりぎりを、なんとか越えた程度だな」という感じだったりします。

おそらく若い頃の僕も、まわりの大人の人から見れば、そんな恥ずかしいことをたくさんしていたのでしょう。

しかし、何も準備せず、いつもアドリブが効いてうまくいくなんて、現実にはあり得ない話です。

「自分で準備ができない」

そう思われたとたん、上司や先輩など、まわりから指示されて、言われたとおりの準備をさせられるようになります。つまり、人から支配される働き方になってしまうということです。コントロールされたくないなら、準備をしましょう。

「次はどうしよう？」と思うようではいけません。たちまち誰かの指示が降ってきます。あるいは、先を歩く人についていくしかなくなります。

どんなやり方でもいい、自分なりに「次はこうする、その次はああする」と決めておいたら、自分らしく働いていけます。これは仕事ばかりではなく、生き方にもつながると、僕は信じているのです。

つねに先手を打って、準備する。

この応用編として、人に謝るときも先手を打ちましょう。

トラブルが起きて、相手が「抗議しようか、このまま我慢してなかったことにしようか」と考えているあいだに、先手を打って相手のところに駆けつけてしまいます。もちろん、アポイントメントをとる必要もなく、手みやげすらいりません。

ただ、大急ぎで駆けつけ、飾りなく、まっすぐに、「申し訳ありませんでした」と目を見て謝る。これに勝るトラブル解決法を、今のところ、僕は知りません。

デスクまわり

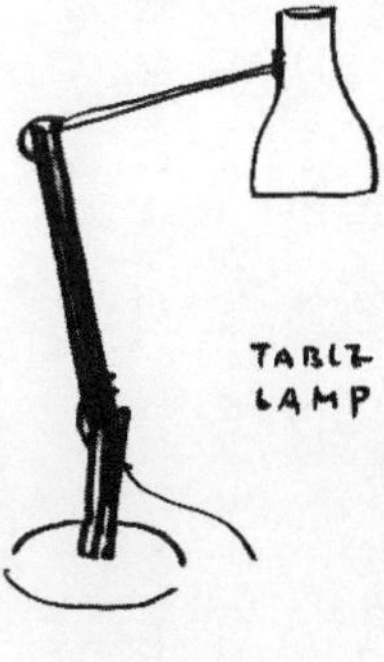

美しい街並にしようと決めて、道を明るい色の煉瓦《れんが》でととのえ、両脇にポプラを植えます。

カフェのパラソルは、葉影と濃淡を織りなす深い緑。その向かいは、あたたかなベージュのひさしのパン屋。けばけばしい看板のファストフード店には、出店を遠慮してもらいます。

みんなで気を遣ってつくりあげた景観なのに、カフェの二階の住人が、自分の洗濯物を外に干していたらどうでしょうか？

その洗濯物が色とりどりの下着やパジャマといった、あまりにもプライベートで、できれば目を背けたいようなものだったら、どう感じるでしょう?

会社の机に私物を置くというのは、これと同じようなことだと思うのです。いかに自分の席であっても、そこは会社から借りているパブリックなスペースです。

飲み物やお菓子、たばこを出しっぱなしにするのも間違いだし、写真たてや小さなぬいぐるみ、趣味の小物を飾るのも見当違いです。

会社のデスクを、あたかも自分の部屋のように心地よくする。これは社会性に欠けた、ずいぶんと幼いふるまいだと僕は感じます。

もしも「自分らしさ」を出したいなら、別の部分でやるべきです。

日本人はいまだに外をパジャマで歩く中国人を笑っていますが、自分たちにしてみても、もっと成熟すべきところがあるのではないでしょうか。ときおり、会社に着いたとたん、サンダルなどに履き替える人を見かけますが、仕事場はくつろぐための家ではありません。そんな姿を見た人は、心のどこかで「この人は、公共の場でもモラルに欠けているのではないか」と思っているかもしれません。

欧米や日本の一部の会社は、個人の席を設けず、誰がどの席でも仕事ができる「フリーアドレス制度」を取り入れています。

実際にこの制度を導入するかどうかは別として、「明日から、○○さんがあなたの席を使います」ということになっても、すぐに「どうぞ」と言えるような状態に、それぞれの机を整えておきたいと思います。

ほとんどの仕事は、複雑なことを単純化していくプロセスです。

そう考えれば、デスクまわりの整理整頓というのは、仕事全般を象徴していることがわかるでしょう。

「忙しくて片付けられない」

こんな言いわけをしている人は、明らかに考え違いをしています。デスクまわりの環境を整えること、それも大切な仕事の一部だという意識が、すっぽりと抜け落ちているのです。

カウブックスでも『暮しの手帖』の編集部でも、「さあ、仕事を始めよう」というときは、まず片付けから入ります。整理整頓し、乱れた秩序を整える。もちろん、僕自身も含めてのことです。

ものがなければいいのかといえば、そんな単純な話ではありません。

自分がいちばん頻繁に使うものは、ペンなのか、電卓なのか、パソコンなのか。たくさんの電話をとらなければならないのなら、どの角度に置けばスムーズに受話器に手が伸ばせるのか。さっとメモを取れるように、準備してあるのか。順番に点検していけば、自分にとっての仕事のあり方が見えてきます。

電話、メモ帳、ペンを全部一列にまっすぐに並べれば、見た目はきちんとしているかもしれません。しかし、それらを斜めに並べたほうが仕事をしやすいのであれば、それは間違ったルール。本当に役立つルールに則《のっと》って、片付け直さなくてはなりません。

自分のルールで自分の仕事環境を整えられるようになれば、たくさんのものが机の上に載っていても、決して乱雑には見えないはずです。

さらに、どんな場所に行っても、そこを自分の仕事場としてカスタマイズできるようになります。

ごみの行方

飲み終えたペットボトルを、オフィスの床に放り投げて平然としている人。

濡れたティーバッグを、べちゃっと直接、机に置いたままの人。

こんなとんでもない人は、あなたのオフィスにはいないでしょう。

ペットボトルはリサイクルの箱、紙ごみはデスク横のごみ箱にきちんと捨てている人が、ほとんどだと思います。

それでも、仕事を終えて会社を出るとき、そのごみ箱をどうしていますか？

翌朝また会社に来て、からっぽのごみ箱になっているのは、どうしてなのか考えたことがあるでしょうか?

清掃サービスや庶務といった係の人、アルバイトの人、会社によって違うでしょう。いずれにしろ、誰かがあなたのごみ箱の中身を、処理してくれているのです。

あなたのごみ箱の中身をきちんと回収し、集積場の大きなごみ袋にまとめてくれている人が、必ずどこかにいます。

自動ごみ回収装置もないし、魔法の小人もいやしないのです。

誰かが、ごみの行方に手を貸してくれている。

そう考えたら、ごみ箱の中に、ちょっと気を遣うようになるはずです。

たとえば、紙ごみと、食べ物の油がついたお弁当の容器を一緒にしない。

たとえば、さわると手が汚れそうで、「ちょっと嫌だな」と感じそうなものは、いらない袋でくるんでから捨てる。

たとえば、オフィスを出るときに、ごみ箱の中身を集積場まで自分で持っていく。

こうした気遣いは、働いているなら当たり前にやるべきことです。たとえ顔は見えなくても、自分のやったことのプロセスにかかわる人、最終的に処理してくれる人が困らないよう、思いやり、気を配るのが仕事の根本だと僕は思います。

いらないコピー用紙を分別するとき、ホッチキスの針やクリップをきちんと外してから、リサイクル用の箱に入れる人。セロファンの窓がついた郵便物を、そのまま無造作にぽんぽん捨てる人。

二者を比べてみれば、どちらが仕事のできる人か、すぐにわかります。

「東京都のごみの分別ルールは、そんなに細かくないですよ」

こんな見当違いのことを言う人もいるかもしれません。

僕は別に、ごみの分別について、がみがみ言いたいわけではありません。そんなことは、その地域のルールとして、みんなわかっていることでしょう。

ここで大切なのは、ごみの捨て方ひとつで、仕事上のコミュニケーション能力の高さまで、透けて見えてしまうということ。ごみの行方まで思いを巡らすことができる人は、想像力が働く人です。勘もよく、たぶんとても気が利くでしょう。最後にごみを処分する相手のことまで気遣える人は、仕事においても相当なコミュニケーションができるだろうと思います。僕が見たところ、このタイプの人は間違いなく、仕事でも実績を残します。

さて、あなたのごみ箱の中身は、どんなふうになっているでしょう?

手帳とスケジュール

昔ながらのシステム手帳、ファイロファックス。

気になっていること、進行中の案件などを書き込んでおくと、ただの白い紙なのに頭の中が可視化できる「情報カード」。

思いついたことをランダムに記すための、小さなメモ帳。

いわゆる「手帳」の機能をはたすものを僕もいくつか使っていますが、つねに考えているのは、最新の山登りのごとき軽量化。

ちょっと前まで使っていたものも、持ち歩かずにすむなら、そうしたい。だから日々、改善しています。

たとえばファイロファックスや情報カードは、デスクノートとして会社に置けば、鞄に入れずにすむのです。

しかし、スケジュール管理のおおもとは、どんなツールを使うかではありません。ツールというのは、自分に合っていれば何を使ってもかまわないくらい、付随的なことです。大切なのは、手帳やスケジュール帳を見なくても、自分の予定がわかるようにしておくこと。

「あれ、明日の予定はなんだったっけ？」

手帳を見ないとわからないような約束や会議があるとしたら、それは自分のキャパシティを超えている証拠です。

プライベートな食事会でも、習いごとでも、同じだと思います。

スケジュールを確認しなくても、頭の中でこれから一週間程度の予定は把握できている、いつもそんな状態にしておきましょう。

スケジュール管理とは、予定を詰め込んでいくことではなく、自分の仕事量を管理することだと僕は思います。

「あれ、明日は午後に二時間ほど空きがある。もう一件、打ち合わせを入れよう」

こんな具合に詰め込むことはやめましょう。

「今の自分の仕事量はどうだろう？　ゆとりがあるのか、それとも目一杯なのか」

予定を入れる前に、まずはスケジュール全体を見渡してよく考えることです。明日の午後、二時間余裕があるかどうかは、明日の予定だけでは判断できません。

もし、一週間後に書類を提出する予定があるなら、明日の空き時間にそれをやらなければ間に合わないかもしれません。物理的に「やるべきこと」がなくても、来月の企画会議のために、じっくり考える時間をとったほうがいいかもしれません。

何かを引き受けるときも、自分の仕事量の全体を把握して、引き受けられるかどうか判断したほうがいいでしょう。

僕も何かの依頼が来るたび、「自分の手に負える『重さ』の仕事なのか、自分の仕事の『量』は、キャパシティオーバーではないか」と自問することにしています。

仕事に追われないためには、来るそばからどんどん、手放していくこと。

つまり、すぐできる仕事なら、締め切りが二週間先だろうと一ヵ月先だろうと、その場でやってしまうくらいフットワークを軽くするのです。

「頼まれた瞬間に片付けてしまう」というのは、慣れてしまえば本当に楽です。いつまでにやるかを、スケジュール帳に書く必要すらありません。手帳がいらないくらい身軽な働き方ができれば、それがいちばんではないでしょうか。

文房具

ことさらに凝るのは、野暮。

だけれどひとたび、「安ければ安いほど、いい」としてしまったら、仕事全体が貧乏臭くなります。

ボールペン、ガムテープ、ホッチキス、クリップ。

一般的な文房具について、僕はそのように考えています。

すべての文房具を外国製のシックな色で揃えたら、それはそれで素敵だと思います。しかし誰の引き出しにもひとつや二つ、どういう経緯で自分の手元にあるのか

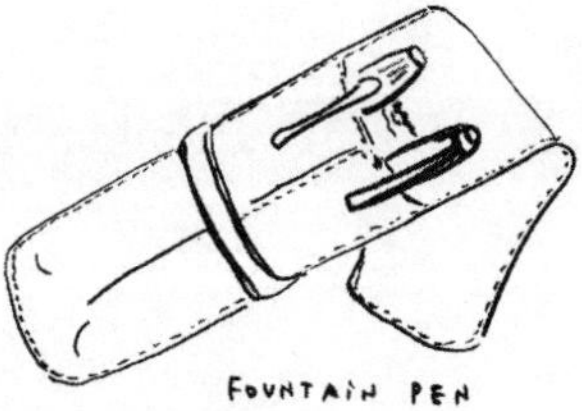

わからないホッチキスがあるのではないでしょうか。文房具はそう簡単に壊れるものではありませんから、頻繁に買い替えもしません。

そんなわけで、「つねにおしゃれな文房具を一式揃えよう」といった意識は、僕にはないのです。

「切れ味が悪いはさみで、手紙の封は切りたくない」

これくらいの気持ちはありますが、文房具はコンビニエンスストアで手に入るような、ごく普通のもので十分な気がします。

ところで、「普通」と「どうでもいい」とでは、天と地ほどの差があります。

「おしゃれでいいもの」と「普通のもの」ほど、見た目の差が大きくないのでわからない人もいますが、どうでもいい安物は結局、仕事の効率を下げます。

信じられないような安さのものを、「まとめ買いをすれば得だから」という考えで平気で取り入れる人もいますが、とんでもない話です。

見た目は普通でも、液だれしたり、しょっちゅう書けなくなるボールペン。

普通に売られているものよりずいぶんと低価格だけれど、べたべたしてしょうがないセロハンテープやガムテープ。

こんな「どうでもいい安物」を使っていたら、いらいらするし、はかどらずに効率が落ちるし、仕事のクオリティが下がります。結果として冒頭に述べたとおり、仕事全体が貧乏臭くなるのです。

パフォーマンスの低い道具はそうそう大切にしないので、無駄遣いをして、逆に経費がかさむかもしれません。

結局のところ、ごく普通の文房具をていねいに使うのがいちばんではないでしょうか。

会社が、「どうでもいい安物」を選ぶのは、経費削減という理由もあります。しかし、一人一人が文房具を大切に使っていないことも、一因としてあるはずです。

たとえ支給品だとしても仕事で使う道具なのですから、無駄にすることなくていねいに使いましょう。また、文房具の値段はしれていますから、支給品を断って、自分で揃えてもいいと思います。

「あって当たり前のもの」をどれだけ大切にできるか。

仕事の姿勢は細部に表れるものですし、細部をおろそかにする人に、いい仕事ができるはずもありません。

僕は、鉛筆をカッターで削るのですが、鉛筆削りを使うと先が尖りすぎて、書きにくいから手でやっているのです。「削れれば、なんだって同じ」という感覚は、断固として遠ざけたいと思います。

なんの特徴もないありふれた鉛筆でも、一本一本大切にし、いつも自分の好きな削り方で整えれば、とびきりの道具になってくれると感じます。

手紙のルール

ゆっくりと、字を書く。

ボールペンでも万年筆でも、かしこまったお礼の手紙でも、いつも心がけていることです。

急がなければ、筆圧がつよくなりません。とくにボールペンの場合、つよい文字の手紙は威圧感につながり、相手の負担になるものです。

急がないという意味では、「前略」も使わなくていいでしょう。

手紙には、「拝啓」と季節のあいさつで始まるくらいのゆったりとしたペースが

合います。特に目上の人への手紙で、「前略」はあり得ないと僕は思います。

手紙の原則は、相手を困らせないこと。

だから、字をゆっくりと書くのです。

たとえ文字の印象だけでも、相手に挑むような筆圧は、避けたほうがいいでしょう。

困らせないとは、追い詰めないことに通じます。

「わざわざ手紙を書くくらいだから、ぜひお礼を言いたいとか、お世話になっているとか、尊敬したり好意をもったりしている相手でしょう。追い詰める手紙なんて、書くわけがないじゃないですか」

きょとんとする人もいますが、好意だろうと感謝だろうと、「自分の思いがつよい」ということが、まず危ないのです。

人間は、自分本位になると相手を追い詰める癖が出てきます。

「あなたを尊敬しているから、私という人間について、知っていただきたいのです」

そんな出だしで心のありったけを打ち明けるような長い手紙を書いたら、受け取った相手はなんと返事をしていいものか、困ってしまうでしょう。

「このことについてのお返事をください」

「あなたの考えを聞かせてください」

何がなんでも答えを要求するような手紙も、相手を困らせてしまいます。

手紙は残るものですから、ただでさえ印象がつよいのです。

読み手が不快に思わないだけでなく、気軽に返事ができるような内容、もっと言えば「返事を書いても書かなくてもいい」くらいの手紙が、よい手紙だろうと思います。

追い詰めない、負担にしないという意味では、あまりに凝った便せんや切手は、やめておいたほうがいいでしょう。

僕は日常的に手紙を書きますが、世間話のような内容ならポストカードか、近所の文具店で売られているようなごく普通の便せん。仕事の手紙なら、会社の社便せんを使います。きれいな記念切手も買ってありますが、割合としては、いちばんスタンダードな鳥の柄のものを使うことが多いのです。

感謝やお祝いなど、ちょっと改まった手紙を書くときは、フランスのジョルジユ・ラロの便せんを。

ジョルジュ・ラロは一九一九年創業のフランスの会社で、さまざまな色のレターセットをつくっています。罫もなくシンプルなぶん、紙質のよさが感じられます。

僕が気に入っているのは淡いブルー。万年筆は、ちょっと細めのペリカンです。

ところで、「うまい手紙」と「いい手紙」は、似て非なるものです。

文章が上手だからいい手紙というわけではなく、支離滅裂でも気持ちが伝わる手紙もあります。

だから手紙はできるだけ自然に、ゆっくりと、心を込めて書くことにしています。

打ち合わせとモチベーション

「この件について話しましょう」

僕はなるべく人に会い、顔を合わせて話をするようにしています。

だけれど「この件」そのものについては、電話でも用は足りると思っています。人と会うのは、余分な話をするためです。本題とは関係のない余談、ついでの世間話。想定しているもの以外の話をするために、僕は人と会います。

そこから新しい仕事の感性が広がったり、自分の意識があがったりする気がします。

打ち合わせの基本は、相手より先に到着していること。これは鉄則と言えます。場所は必ず静かなところ。ホテルのティールームは待ち合わせに便利だし、お茶代は少し高いものの、話に集中できます。

相手のモチベーションに配慮した場所選びも大切です。

「大事な仕事のお願いなんです。どうか、お引き受けください」

心を込めて頼むのであれば、セルフサービスのカジュアルなコーヒーショップよりも、落ち着いたホテルのティールームを選んだほうが、相手のモチベーションもあがります。

僕の場合、仕事でインタビューをお願いするときは、特にこの点を意識します。単に話を聞ければいいと思うのなら、会社の会議室でも、近くの喫茶店でもかまわないことになります。しかし、ホテルの会議室や部屋をリザーブしたらどうでしょう。

個室なのですから当然、落ち着いて話をしてもらえます。日中の数時間だとしても部屋をおさえている、そのことに対して相手は「気を遣ってくれている、ここまで用意して、自分をもてなそうとしている」と感じるかもしれません。

こう感じてくれたら、その人の気持ちは上向いて、普段話さないようなことも、話してくれたりするのです。結果として、打ち合わせの場所選びが、仕事のクオリティにもかかわってくることになります。

無駄遣いする必要も、贅沢をすることもありませんが、仕事のクオリティにかかわるお金は、惜しむべきではないと考えています。

おみやげ

ものすごくおいしいものを、ほんの少し。

おみやげを買うとき、僕はいつも心の中でつぶやきます。自分がいただいてうれしいものが、そうだから。

「嵩《かさ》高ければそれで良い」とばかりに、おいしくないクッキーが山のようにあるのは、困ったものです。

たとえおいしいものであっても、あまりに量が多いと、いつまでも残っていて、食べ終えるまで負担になります。

ものすごくおいしいけれど、ほんの少しなら、あっという間になくなります。いっそのこと、その場でなくなってしまうくらいのほうが、すっきりするし、うれしかったりします。

食べ物の場合、なま物もやめておいたほうがいいでしょう。いくらおいしくて新鮮でも、相手には相手の都合があり、すぐに食べられるとは限りません。

「あれ、日持ちがしないんだ。急いで食べないと」と焦らせるのは、贈り物としてまずいのでは、と思います。

日本中、世界中のおいしいものがたやすく手に入るようになりましたが、何か贈るというとき、お菓子は案外、平凡です。

どんなに希少な限定品でも、「ああ、お菓子か」という印象にしかならない場合も多いものです。老舗の和菓子のあんこでも、フランスの名パティシエのマカロンでも、小豆やバニラではなく、社交辞令のにおいがします。

僕が思うに、贈り物としていちばんいいのはお花です。

相手が女性でも、男性でも。

日本人でも、アメリカ人でも。

どんな国にも、どんな街にも、花屋の一軒くらいはあるものです。一度やってみれば、お花を贈るのはそう難しくないと感じるはず。男性であっても、喜んでもらえるものです。

食べるものや品物は好みがわからなくて難しいことがありますが、どだい、花が嫌いという人は滅多にいません。

すぐに飾れるし、すごくきれいだし、いくらもってもせいぜい一週間なので、あとに残らない。お花の印象というのはつよく、「ここぞ！」というときには、味方になってくれます。

これは秘密の作戦ですが、仕事上で無理をお願いするときなど、僕はたいてい、花束を持ってうかがいます。大きいと迷惑になるので、せいぜい三〇〇〇円くらいのブーケ。五〇〇〇円だと、ちょっとゴージャスになりすぎます。白い花と葉っぱのグリーンのあっさりしたブーケは、無理なお願いごとでも絶対大丈夫になる、お守りみたいなものです。

もっとも普通の仕事では、お菓子にしろ、お花にしろ、「おたがいに贈り物のやり取りはしない」と決めてしまったほうが、負担にならず、すっきりすると思います。

「つもり」をやめる

仕事上で、「これを言ったらアウト！」という言葉があります。

絶対的な禁句と言ってもいいでしょう。

それは、「つもり」という言葉。

「いや、そういうつもりじゃありませんでした」

「期日までにやるつもりだったのですが、できませんでした」

「いつかは○○するつもりですが、今のところは……」

誰だってミスはします。間違いもおかします。そのこと自体を責めようとは思いません。

過ちを素直に認め、きちんと謝れば、「じゃあ、どうしようか」とその先に話を進めることもできます。

しかし、「つもり」という言いわけで自分がおかした過ちを取り繕ってしまったら、どうすることもできません。ひとたび誤魔化しはじめたら、もう取り返しがつかないのです。

「つもり」なんて言葉は、捨ててしまいましょう。潔く、認めてしまったほうがいいのです。やってしまったことは、やってしまったことだと。どんな「つもり」だろうと、目の前にある結果のほうが重いと、覚悟を決めてしまうとさっぱりします。

厳しいルールですが、これを自分に課さないと、いい仕事はできません。

「つもり」はまた、「本当はやるつもりだった」というように、やらなかったことへの言いわけとしても使われます。

しかし「つもり」というのは個人の勝手な思い、せいぜい「こうだったらいいな」というぼんやりした願望にすぎません。

「思っていました」

「考えていました」

それだけで何も実行に移していないのであれば、それは自分の中で完結しているひとりよがりな空想です。

何ひとつ具体性がないものを、仕事の場で持ち出してはいけません。

名刺

名刺を交換しても、すぐホルダーなどに整理しない。

あまり名刺を増やしたくない僕の、ちょっとした工夫です。

毎日たくさんの人に会うことが多いので、その全員と緊密な関係を続けていけるかといえば、難しいのが現実です。人とのつながりは数ではないと信じているから、なおさらです。自分なりのやり方を生み出さないと名刺だけが増えて、肝心のつきあいのほうがなおざりになってしまいます。

そこでまずは、名刺を交換したその場で、その人の名前を頭の中で唱え続けます。

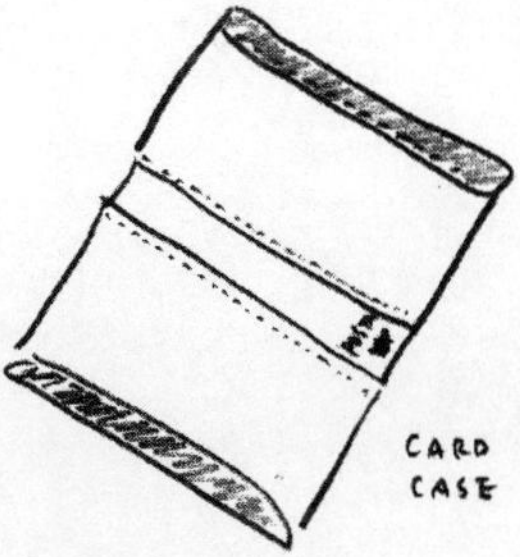

そうすれば、本当に覚えたい人の名前はなんとなく残っていきます。

次に、自分の机に戻ってから、名刺に日付を書き入れます。

このあとが「ちょっとした工夫」です。小さな箱の中で、名刺にしばらく待機してもらうのです。

一ヵ月ほどたってから、名刺が待機している箱を開けます。たいていの場合、ずいぶんたまっていますが、一枚一枚見ていきます。

この時点で、「この先もいただいておく名刺」と「申し訳ないけれど、さようならする名刺」に分けます。これはもう、仕方がないこと。この割り切りがなければ、「いったい、これは誰だっけ?」という迷子の名刺の山を抱えるはめになるでしょう。

名刺ホルダーは、文具店で扱っているような、ごくオーソドックスなもの。細長い箱に、あいうえお順のインデックスがついていて、分けられるようになっています。つねにこのホルダー一箱に収まる量を心がけています。

一箱五〇〇枚程度入りますが、満杯になることはありません。いつも入っている名刺は三〇〇枚ほど。マックスにならないようにします。

持ち歩き用の自分の名刺入れは、財布と同じように考えるといいでしょう。人の目につくものですし、いつも新しくてきれいなものを持ちたいものです。POSTALCOの黒が、ここしばらくの僕の定番です。

財布

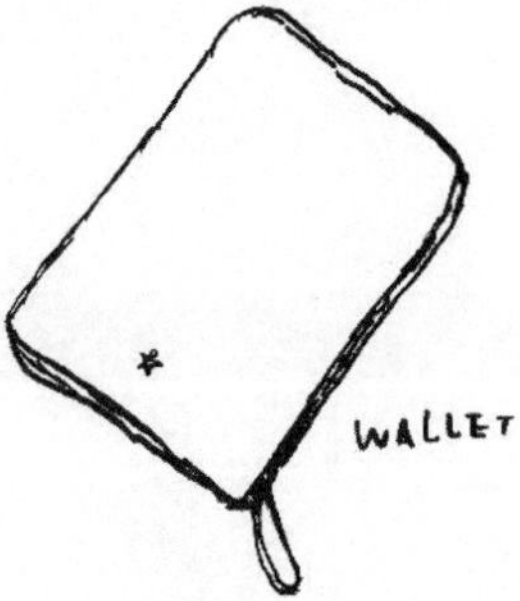

財布がぼろぼろだと、なんだかもう、駄目な気がします。

使い込んで年季が入ったものより、つねに新しくてぱりっとしているもの。

お金を入れるものですから大切に使いますが、二年ごとに処分し、新しい財布に買い替えます。二年というのはあっという間ですから、ときどき驚かれます。

「こんなにきれいなのに、なんでもう買い替えるんですか?」

おそらく僕は、お金にまつわるすべてのことを「よどまない」ようにしたいのだと思います。いつもきれいにしていたいのです。

財布はつねに黒の革製のものを選び、札入れと小銭入れは分けます。いくら頻繁に取り替えると言っても、安い財布を使うのはお金に対して失礼なので、それ相応の品を買います。最近気に入っているのは、ホワイトハウスコックスやエッティンガーといったイギリスのレザーメーカーのもの。日本でも買える、職人魂がこもった品です。

肝心の財布の中は、金額が違うお札をごちゃごちゃに入れたりせず、折らないのはもちろんのこと、向きも揃えるようにしています。

タクシー。コンビニエンスストア。お昼ごはんを食べにいった店。お金の受け渡しというのは瞬時に行われるので、ちょっと油断をすると財布の中は乱雑になります。お札の向きを揃えるどころか、折れ曲がったり、お札とお札のあいだにレシートが紛れ込んだりしかねません。

習慣として一日に二回くらい、ひと息ついたときに財布の中身を整理する。これだけでずいぶん違います。レシートもためずにその日のうちに財布から取り出し、仕事の経費として精算するものと、プライベートで使ったものに分けてしまいます。

お金というのは多くの人の手をへるぶん汚れていますから、お札もレシートもカードも全部取り出して、ときどき財布の内側をふきます。外側も革がきたなくならないように手入れしています。

僕は現金主義ではなく、休日はクレジットカードしか持たないくらいですが、それでもできるだけカードを減らしたほうがいいと考えています。

銀行やデパート、航空会社や家電量販店など、いろいろな種類のカードを持っているつもりでも、実は全部VISAだったとしたら、それは単なる無駄です。

メインで使うカードを一枚、予備としてメインとは違うカード会社のものを一枚。

仮にVISAがメインなら、ダイナースかマスターを一枚予備に持つ、という具合で十分だと思います。このほか、日常的に使う銀行のキャッシュカードがあれば、なんら不自由はありません。

ときどき、さまざまな店のメンバーズカードで、財布がはち切れんばかりに膨んでいる人がいます。しかし、ポイント集めというのは、やりだしたら際限がありません。よどまない、すっきりした財布からはほど遠くなってしまいます。

お店の人にすすめられても「すみません、けっこうです」と辞退する。

こう決めてしまうと、楽になります。小さな「お得」は逃すかもしれませんが、そのぶんゆとりが生まれます。

余分なものを排除したすっきりした財布をよしとする僕も、「使わないもの」を忍ばせています。それは、二つに折りたたんだ一〇万円。

万が一の緊急用なので、使うことはありません。普段使うお金とはきっちり分けており、二年ごとに財布を買い替えるとき、そのまま残っていたりもします。

女性や若い人であれば、三万円ほど「使わないエマージェンシーのお札」が財布にあると、ちょっとしたお守りがわりになるでしょう。

スーツケース

いろいろなところを旅してきたぶん、いろいろなスーツケースを使ってきました。ゼロハリバートンも、リモワも、それ以外のメーカーの品も試してみました。街中で移動するのに、四角いスーツケースはなんともかさばって不便。そもそも本当に旅慣れている人でハードケースを使っている人を、僕はあまり見たことがありません。

試行錯誤のすえにたどり着いたのが、パタゴニアのローラーダッフル。ジッパーで大きくひらくダッフルバッグに、カートがついたものです。「大は小を兼ねる」

というわけで、七五リットルの黒を使っています。

ローラーダッフルを使いはじめてすぐ、旅慣れた人がソフトケースを選ぶのは、軽くて持ち歩きやすいためだと実感しました。

どんな国に行くときにも必ず持っていくのは、アロマオイルやシャンプー、石けんなどのコスメタリー。ハーブティーのティーバッグも持参します。ハーブはお酒もたばこも嗜《たしな》まない僕にとっての嗜好品であり、ちょっとした常備薬がわりでもあります。

以前は長い旅の際、楽器を持って出ることもありました。今はそれもなく、無論のことパソコンなど持たず、本もせいぜい文庫本を一冊。

帰りには何かと荷物が増えるのが普通ですから、旅には身軽に出かけていって、足りないものは現地で調達するのがちょうどよいと思っています。

滞在が長くても、短くても、いつも同じローラーダッフル。中身がすかすかでもパンパンでも、それなりに収まる、頼もしくて気楽な相棒です。

おわりに

自分にとって仕事とは何か、暮らしとは何かと考えてみることは、とても大切です。

その答えを言葉にするのはむつかしい。歩いているとき、車を運転しているとき、電車に乗ってつり革につかまっているときなど、ふと一人になったときに自分に問うてみます。

そして、ああだこうだと思案して、もしかしたらこうかもしれないという、細い糸がからまりあった考えをていねいにほどいてみる。

正直親切、工夫と発案、元気で笑顔の実践。

これが今のところ僕にとっての、仕事とは何か、暮らしとは何かの答えでありベーシックです。

人は誰しも弱くもろいもので、自分らしくいられることなど簡単ではありません。

毎日といわずとも疲れたり、混乱したり、どうしたらよいかわからない日がとても多いのがほんとうです。

そんなときこそ、自分にとっての仕事とは何か、暮らしとは何かの答えに立ち返って、自分らしさに戻る。大海原で泳ぎ疲れたときに、身体を休める浮輪があるかないかの違いです。

これから先、迷ったり、悩んだりして、時には真っ暗闇を歩いていくこともあるでしょう。そんなとき自分のベーシックが足元を照らす小さなあかりになってくれることを信じます。

ベーシックというのはとてもシンプルです。

読んでいただきありがとうございます。

松浦弥太郎

特別対談

菊池亜希子

×

松浦弥太郎

『暮しの手帖』編集長と、『菊池亜希子ムック　マッシュ』編集長。
二人の〝編集長対談〟が実現しました。
初対面のお二人が、暮らしの中で大切にしていることや、
ちょっとしたこだわりについて語ります。

――本書『いつもの毎日。衣食住と仕事』は、松浦さんが自分らしく暮らすためのベーシックを紹介した一冊です。今日はモデルで女優の菊池亜希子さんをお迎えして、自分らしくあるために欠かせないお気に入り、好きなものについて語り合っていただきたいと思います。二〇一二年に発刊した『菊池亜希子ムック　マッシュ』の編集長をつとめる菊池さんを「雑誌の作り手として注目している」という松浦さん。二人の編集長には共通するものもありそうですが、いかがでしょう？

松浦　ありますよ。『マッシュ』を読んで発見したのはジョージ・ハリスンとジェイムス・テイラー。僕、ジェイムス・テイラーの『きみの友だち』が大好きで、この曲を弾きたい一心でギターをマスターしたんです。もともとは音楽は苦手で、楽器もだめ。ギターも何度か試したものの上達できなくて。でも、どうしても弾きたい大好きな曲が見つかったら弾けるようになった。好きだという気持ちは大きいですね。

菊池　私もギターを始めたんです。今、友達の結婚式で演奏するという試練を自分に課して猛練習中。レパートリーが一曲ずつ増えて楽しくなってきたところです。たとえば誰かの家に集まった時なんんか、私はお酒があまり飲めないので、皆が飲んでいるそばで何となくギターを弾いたりします。

松浦　ああ、僕も飲めないから、そういう時にギターを弾く。食卓ギターって良いですよね。ギターがあるからコミュニケーションできて友だちになれたりする。

――さて、今日は、お二人に「自分らしくいられるためのお気に入り」を持参していただいたのですが、菊池さんは何を？

菊池　一つはこのカゴバッグ。

松浦　笑っている顔だ。なんだか変だけどいい……（笑）。

菊池　でしょう？　ショップで長いこと見つめた挙句、「私が買わなかったら誰も買わないだろうな……うん、私が買うべき！」と決心して買ったバッグです。「個性の強いこれを私が持ってみようじゃないの」という気分もありましたね。それから二つめのお気に入りが、今履いているこの靴。古着屋さんで手に入れて以来、修理に修理を重ねて八年も履いています。

松浦　すごく履きやすそう。

菊池　ええ。海外取材ではこれが一番ラクですね。そして三つめがロンドンで出会ったチャーチの靴。じつは迷った末、買わずに帰国したのですが、現地のコーディ

菊池さんのお気に入り　その①
笑い顔のカゴバッグ

菊池さんのお気に入り　その②
英国の老舗ブランド チャーチの靴と８年間履き続けているブーツ

ネーターの方が、あとから送ってくださったものなんです。これも大好きで、自分らしくいられるお守りみたいな靴。服でチャレンジしている時もこの靴を合わせれば、すんなり自分らしくなる。それぞれ価格は異なりますが、私にとっては同等の価値があり、同等にタフに扱っています。

松浦　僕ね、今日はニューバランスのスニーカーですが、普段はある店でオーダーした靴を履いているんです。今、思ったけれどどこの店、いつか菊池さんに行ってほしいなあ。本当に履きやすい靴を作ってくれるんですよ。

菊池　え⁉　どこにあるんですか？

松浦　サンフランシスコから車で三時間くらいのグインダという村。郵便局と小さなスーパーがあるだけで、アーモンドやクルミを作る農地が広がっていて、そこで九十歳のおばあさんと息子が靴を作っているんです。僕が行く時は「目印に大きな木のところに風船を結び付けておくから」って（笑）。

菊池　わあ……行きたい！　企画立てちゃおう（笑）。

松浦　僕が運転して案内しますよ。ぜひ行きましょう。

――では、松浦さんのお気に入りを……

松浦　何だと思います？　ヒントは「男の子のポケットには何が入っているか」。

菊池　何だろう？　チョロQとか……。

松浦　近い！　ミニカーです。子ども時代、いつもポケットに入れていて、何かで待たされて退屈な時や手持ち無沙汰な時、ちょっと落ち着かない時に触れてみたり、手元で走らせたりしていました。「あ、急カーブ危ないっ……でもギリギリ大丈夫～」なんて言いながらね。好きなものが身近にあることで助けられるということの感じ、ライナスの毛布に似ているかもしれない。

菊池　今は、部屋に飾っているんですか？

松浦　飾るというより、お気に入りの本を身近に置くような感じで置いてあります。

菊池　男子のポケットの中身はミニカーか……。

松浦　男の子はミニカーで距離を縮めたものなんです。「お前、何持ってるの？」と見せ合って、やがて「取り替えっこする？」「いいぜ」となる。たいてい相手が一番大事にしているミニカーに目をつけるから、お互いに自分の一番大事なものを差し出すことになるわけですが、だからこそ、それで認め合うというか、友情成立。

菊池　その感じ、分かります。私もスニーカーとか男友だちのアイテムが気になっ

松浦さんのお気に入り
ポケットに入れたミニカーたち

PROFILE
きくちあきこ●1982年岐阜県生まれ。モデル、女優。多くの女性誌でモデルとして活躍する一方、独特の存在感で女優としても注目される。イラストと文章をすべて手がけた著書『みちくさ』のほか、『菊池亜希子ムック マッシュ』では編集長を務める。雑誌『LEE』で「菊池亜希子の仕事場探訪 おじゃまします」を連載中。

て「それ何？　どこの？」「いいね、ちょっと見せて」なんて、よくあるんです。

松浦　だから、好きなものを「自分はこういうものが好き」と相手に伝わるように正直に見せることって、じつは気の利いた言葉なんかよりずっと、人と人が関わるきっかけになるし大事なことだと僕は思うんです。

菊池　そう考えると、ミニカーに相当するのが私にとっては服なんです。とにかく服が好き。選ぶ基準は「好き」というのが基本ですが、自分一人の満足感だけでなく、服から何かが広がることが大事。服はそれを着た私の周囲の人までもが楽しくなるためのツールだと思うので。「これ好き」と手に取ってから先のイメージが湧いて買うことが多いですね。たとえば、これを着てあの場所に行ったら楽しい気分だろうな……とイメージして、誰かの笑顔が浮かぶこともあるし。

松浦　服選びが道具選びに近いという感覚はわかりますね。

――服に関しては、お二人は正反対のところにいらっしゃるのでしょうか。

菊池　私、自分の服の選び方は松浦さんと対極にあるなと思ってツッコミを入れつつ、この本を読みました（笑）。「今日、何を着ていこうか？」と悩むことが負担だとおっしゃっているところがありますよね。でも私、悩むのが楽しいんです。だから「松浦さん、決まった服だけではつまらなくない？」と思ったら、女性の場合は

ルール通りじゃなく季節ごとのファッションを楽しむ遊び心がないと……と書いていらしたので救われる気がしました（笑）。

松浦　僕は何を着ようか悩むのが苦手なんです（笑）。この本で言いたかったのは、これしか持たない、使わないという意味ではなくて、その時に自分が好きなものこそ自分にとっての定番になるんだということ。でも、時間が経《た》って変わることもあるし、僕の中にも矛盾はあります。

菊池　私、三十歳になってやっとスタートラインに立った気分なんです。自分の好きなものが分かってきて買い物の仕方もある程度ルールができつつある。でも全然、違うものに惹《ひ》かれて着てみたいと思うこともあって、どちらもありの自分がいます。

松浦　それは僕も同じ。これまでの自分と対極にある何かにパッと出会って、これが自分を変えてくれるかも……と思うこと、けっこうあるんですよ。そこで「自分のルールと違うから」と避けるのはもったいない。僕はフラッとそちらに行ってみるんです。仕事でも何か決定した翌朝、考えが変わることだってある。そういう場合はオフィスで「ごめん！　みんな」（笑）。

菊池　すごく分かります。私、『マッシュ』で「特集　男子」を作っている時、ずっと男子の服のことばかり考えていたので、終わった頃にはワンピースが着たくて着たくて！　でも雑誌が発売されて「ボーイッシュっていいよね」なんて読者から反響が届く頃、私はすっかり女子の服を楽しんでいる。時間差があるんです。

松浦　でも、嘘《うそ》じゃないよね。

菊池　ええ。嘘とか裏切ろうというのではなく結果的に変わっていくだけで。その時々の自分が好きなものを載せることに意味があって、雑誌という形の中でワクワクする世界が作れたらいい。そう思って作っています。

松浦　うん、うん。その通り。けっして開き直りというのではなく、僕たちのように人に何かを伝える側にいる者は、好きなものが変わっていくことも含めて、たとえ恥ずかしくても正直にその時どきの自分を見せていくことが大事だと思います。もの作りとはそういうものだし、正直でいることは一番重要なこと。そうだ、さっきお見せしたミニカー、菊池さんにプレゼントしますね。

菊池　わあ！　ありがとうございます。

松浦　好きなものを見せ合ってミニカーもプレゼントしたから、友だちです（笑）。楽しかったです。ありがとう！

☆対談の最後に、お二人からお互いの似顔絵とメッセージをいただきました。

へんしゅうちょう ふたり、出会う。
YATARO
AKKO
ミニカーもらったので ともだちです。

「MASH」編集長
AKKO
ミニカーあげたから
友だちです。
by YATARO

～対談を終えて～　松浦弥太郎より

僕が十代の頃、夢中で読んだ数々の雑誌には人格がありました。それは、誰が雑誌の作り手なのか、雑誌から聞こえてくるのは誰の声で、何を面白がり、何を考えているのかが、はっきり伝わってきたからです。そういう意味で菊池さんの『マッシュ』は、はっきりと人格の見える雑誌。しかもそのセンスが誰にも何にも似ていない。新しいものには、どこかしら「○○っぽい」という要素があるものですが、それが一つもないことに僕は衝撃を受けたのです。モデルだから、女優だから、人気のある人だから『マッシュ』が成立したわけではない。そんな雑誌作りをやってのけたのが、たまたまモデルや女優をしている人だということに、僕は背負い投げを食らったような気持ちになりました。正直いって悔しい。そう、菊池さんは僕にとって悔しい存在なのです。大事なミニカーを交換する時の、ちょっと痛みながら相手を認めるあの感じ。今日、菊池さんにミニカーを贈りながら僕はそんな気持ちを思い出していました。

お店紹介

第一章に登場したお店

■シャツ（P21）、パジャマ（P46）
ブルックス ブラザーズ
☎03-3403-4990　www.brooksbrothers.co.jp

■シャツ（P21）
マーガレット・ハウエル（アングローバル）
☎03-5467-7874　www.margarethowell.jp

■ジャケット（P26）
オールド タウン　www.old-town.co.uk

■ジーンズ（P29）
リーバイス
☎0120-099-501　www.levi.jp

■靴（P36）
オールデン　www.aldenshoe.com

■傘（P43）
スウェイン・アドニー・ブリッグ
www.swaineadeney.co.uk

■ハンカチ（P59）
ブルーミング中西
☎0120-030-632　www.blooming.co.jp

■帽子（P62）
ロック　www.lockhatters.co.uk

第二章に登場したお店

■朝ごはん（P103）
ダンディゾン
☎0422-23-2595　www.dans10ans.net
■家具（P110）
STANDARD TRADE.
☎03-5758-6821　www.standard-trade.co.jp
■食器や調理器具、小物など（P110）
リビング・モティーフ
☎03-3587-2784　www.livingmotif.com
松屋銀座７階　デザインコレクション
☎03-3567-1211（大代表）www.matsuya.com
■アロマオイル（P114）
マークスアンドウェブ
www.marksandweb.com
サンタ・マリア・ノヴェッラ
☎03-3572-2694（銀座店）　www.santamarianovella.jp
■オーガニック（P118）
ジョンマスターオーガニック　www.johnmasters.com
■花（P121）
ル・ベスベ［Le Vésuve］
☎03-5469-5438　www.levesuve.com
■タオル（P124）
ウェスティンホテル東京　オンラインショップ
☎03-5423-7000
www.westin-tokyo.co.jp

第三章に登場したお店

■便せん（P150）

ジョルジュ・ラロ　www.g-lalo.fr

■名刺入れ（P163）

POSTALCO

☎03-6455-0531　www.postalco.net

■財布（P166）

ホワイトハウスコックス　グリフィンインターナショナル

☎03-5754-3561　www.griffin.cx

エッティンガー（キャンディー）

☎03-6215-6161　www.ettinger.jp

■スーツケース（P170）

パタゴニア　www.patagonia.com/japan

※お店のお問い合わせ先は、2013年２月現在の情報です。
本書の中で紹介したものはすべて著者本人の私物であり、
現在お取り扱いがなかったり、デザインが変わっている
可能性があります。お問い合わせいただいても、お求め
になれない場合がございますことをご了承くださいませ。

この作品は2010年７月、
KKベストセラーズより刊行されました。

本文イラスト　松浦弥太郎
編集協力　青木由美子
対談撮影　須藤敬一
対談構成　佐藤悠美子

集英社文庫

いつもの毎日《まいにち》。衣食住《いしょくじゅう》と仕事《しごと》

2013年2月25日　第1刷
2020年1月15日　第6刷

定価はカバーに表示してあります。

著　者　松浦弥太郎《まつうらやたろう》

発行者　徳永　真

発行所　株式会社　集英社
東京都千代田区一ツ橋2-5-10　〒101-8050
電話　【編集部】03-3230-6095
【読者係】03-3230-6080
【販売部】03-3230-6393（書店専用）

印　刷　大日本印刷株式会社

製　本　ナショナル製本協同組合

フォーマットデザイン　アリヤマデザインストア　マークデザイン　居山浩二

ISBN978-4-08-745036-1 C0195